回
　　到
分
　　歧
　　　　的
路
口

春潮NOV+

感動をつくれますか？

感动，如此创造

[日] 久石让 著　　何启宏 译

中信出版集团 | 北京

图书在版编目（CIP）数据

感动，如此创造 /（日）久石让著；何启宏译 . -- 3 版 . -- 北京：中信出版社，2024.1（2024.10重印）
ISBN 978-7-5217-5758-3

Ⅰ . ①感… Ⅱ . ①久… ②何… Ⅲ . ①随笔－作品集－日本－现代 Ⅳ . ① I313.65

中国国家版本馆 CIP 数据核字 (2023) 第 098153 号

KANDO O TSUKUREMASUKA
© Joe Hisaishi 2006
First published in Japan in 2006 by KADOKAWA CORPORATION, Tokyo.
Simplified Chinese translation rights arranged with KADOKAWA CORPORATION, Tokyo
through JAPAN UNI AGENCY, INC., Tokyo.
Simplified Chinese translation copyright © 2024 by CITIC Press Corporation
ALL RIGHTS RESERVED
本书仅限中国大陆地区发行销售
本书中文译稿由城邦文化事业股份有限公司—麦田出版事业部授权使用

感动，如此创造
著者：　[日]久石让
译者：　何启宏
出版发行：中信出版集团股份有限公司
　　　　　（北京市朝阳区东三环北路 27 号嘉铭中心　邮编　100020）
承印者：　嘉业印刷（天津）有限公司

开本：787mm×1092mm 1/32　　印张：7.5　　字数：130 千字
版次：2024 年 1 月第 3 版　　　 印次：2024 年 10 月第 2 次印刷
京权图字：01-2011-2597　　　　 书号：ISBN 978-7-5217-5758-3
定价：59.80 元

版权所有·侵权必究
如有印刷、装订问题，本公司负责调换。
服务热线：400-600-8099
投稿邮箱：author@citicpub.com

第1章 正视自己的「感性」

- 002　创作者的两种态度
- 006　何谓一流？何谓专业？
- 009　创作者不能过度依赖情绪
- 011　心灵的基本建设，始于规律的生活
- 014　作曲并非为了讨人欢心
- 016　"久石老师真是中规中矩啊"
- 019　95%的理性，5%的感性
- 023　第一印象尤为重要
- 026　灵感在无意识中乍现？
- 028　真正的好东西不是思考计算出来的
- 031　产生绝对信心的瞬间
- 034　有时不妨跟着感觉走
- 037　做决定的关键

第 2 章 训练直觉能力

- 042　磨炼感性的关键：大量吸收和积累
- 045　再无聊的经历中也有意外收获
- 047　刻意锻炼自己的敏感度
- 049　动听的音乐连乐谱都完美
- 053　别被"羞耻感"束缚
- 055　敢不敢将杯子说成花瓶
- 058　需要另一个自我的指引
- 061　第一印象绝对正确："三明治理论"
- 064　直觉的力量能招来幸运
- 067　直觉的连锁反应
- 070　有短板的团体，也可以凝成一体
- 073　失败的原因一定在自己身上
- 076　锻炼知性才能拓展人生宽度

第 3 章 影像与音乐共存

- 080 用影音靠近真实:《那年夏天,宁静的海》
- 084 黑泽明电影的配乐一:用音乐辅助叙事
- 087 黑泽明电影的配乐二:用音乐唤起想象
- 090 电影配乐的创作流程
- 093 从整体协调的角度规划配乐
- 096 一首旋律连贯全片:《哈尔的移动城堡》
- 100 配乐围绕主题还是人物?
- 103 开场的 5 分钟决定世界观
- 105 与他人通力合作,拓展自我更多可能
- 109 一名专业人士的自负
- 112 导演的生理节奏
- 114 电影节奏与国民个性
- 117 作品的"人格"
- 121 音乐家执导的音乐电影《四重奏》
- 124 做过导演后才了解的事
- 126 电影还是得具备戏剧性

第 4 章 不可思议的音乐

- 130　音乐是记忆的开关
- 133　戏剧与音乐互相成就
- 135　古典音乐作品为何如此多？
- 137　轮回旋涡中的作曲家
- 140　凭借节奏风靡世界的流行音乐
- 143　在时代潮流中何去何从？
- 145　作曲风格的变迁
- 149　我决定亲自上场弹奏钢琴、担任指挥
- 152　"你是最棒的！"
- 155　商品的考量 vs 创作者的成就感
- 157　依赖直觉的优缺点
- 160　第一个听众是自己

第5章 日本人与创造力

- 164　传统乐器是"神秘高人"
- 167　从亚洲一分子的立足点出发
- 169　世界唯一的五弦琵琶
- 172　从音乐与食物看日本的国民性
- 175　将传统流传后世的再生法
- 178　巴厘岛上的领悟
- 181　一声令下，所有人往同一方向看齐
- 184　何谓诠释音乐
- 187　传达的信息远比技巧好坏重要
- 189　直探日本人的"道"
- 192　日本的音乐教育
- 194　强韧的精神比一次胜败更重要
- 197　培养自我规划能力

第6章 掌握时代的潮流

202　我想要确认亚洲对我的意义

206　一个国家所背负的历史悲剧

209　混沌不明的亚洲方向

213　呼吸着亚洲的风

215　成为"唯一的自己"或许是个陷阱

219　一名活在现代的作曲家

222　从事创作工作，没有结束的一天

感动，如此创造

久石让
Joe Hisaishi

感動を
つくれますか？

序言

我的职业是一名作曲家。在英文中"作曲家"这个词是"composer",意指编写音乐的人。通过英文单词的解释,应该比较容易了解我的工作内容。

以电影来说,假设现在有部电影要开拍,而且希望由我来为这部电影配乐,我工作的第一步就是阅读脚本。如果是宫崎骏导演的动画作品,则要先看画好的分镜头脚本。我也会事先询问导演,他脑海中描绘的是何种景象,或者他有什么样的要求。接下来的工作就是针对主题,从整体的角度构思要使用哪种乐器、什么风格的曲调。最后决定要在哪一幕配上什么样的乐曲、乐曲长度几分几秒,再与导演商量总共需要几首乐曲,再开始实际创作,将作好的曲子录制、混音。以上就是我的工作。

换句话说,虽然一部电影的配乐制作工作交到了我的手上,却不代表我可以天马行空地创作,完成的作品必须符合整部电影的世界观才行。电影的主控权掌握在导演手中,导演若是表示"这首曲子完全不对",即使我觉得再好也没有用,还是要重做。

话虽如此，创作配乐时，也不能一味地遵循导演的想法或画面本身。如果完成的作品只是力求合乎导演的构思范围，就不会是有趣的作品。想要制作电影、从事导演工作的人都充满创造力，并将自己所有的心力都投入到电影的拍摄工作上，因此我也必须提供毫不逊色的作品。其实导演要的是具有新意的配乐，这份新意要能够突破导演要求与想象的框架。

制作《哈尔的移动城堡》的配乐时，到了要决定主题曲的阶段，我准备了一首曲子，不管是谁听了都会觉得完全适合宫崎骏导演的动画；但同时我也提出了另外一首作品，虽然有些担心与电影的主题有所出入，不过我自己还是想用这首作品当成主题曲，最后导演采用了后者。说实话，我感到很高兴。

运用创造力从事重要工作的人不喜欢了无新意的东西，因此我每项工作都是全力以赴。如果要做到全力以赴，就得动用所有感觉，并将自己逼到极限。超越一般思考架构的作品就是从这种状况之中孕育而生的。与各个行业活跃在第一线的专家合作，虽然会有许多辛苦的地方，却能激荡出超越想象的火花，相当有趣。

我经常说，创作的基础在于感性。无论是感性还是创作，都难以借助语言说明白。但是，人类的思考行为就是通过语言进行的。换言之，我身为一名音乐家，如果尽可能地用语言表达出自己的做法、思考模式、观点及深层的潜意识，不是可以更清楚地呈现出这些部分吗？ 表现个人想法的方式有很多，我除了作曲之外，有时也弹奏钢琴，或担任交响乐团指挥、举办音乐会，以及负责某项活动的音乐设计，甚至亲自从事导演工作。我认为逐步拓展音乐以外的世界也相当重要。通过各式各样的工作，不断与社会建立起联系。我想借助文字来呈现自己十几年来不曾说过的想法。

本书的内容是否能够得到读者认同，我难免会感到些许不安。但希望生活充满创意的人，我想所追求的目标在本质上并不会有任何不同，同样都是为了达到某个目的，尽自己最大的努力，以期得到最佳结果；在合理范围内，寻求能够颠覆自己原先想法的灵感。为了激起一丝灵感的火花，时时刻刻都得淬炼琢磨自己的感觉与品位。之前说的各点无论是在作曲还是商业的领域，都是共同的要求。

针对"何谓创造力""何谓感性"这类问题，我希望从一名音乐家的角度出发，通过本书呈现自己每天在艰苦奋战的过程中所想、所做的事情，与读者分享一些个人的看法。

1 正视自己的『感性』

创作者的两种态度

创作的态度有两种。

一种态度是以个人的想法为骨架,进而创作出自己想展现的作品。创作者依循个人的信念、价值观,追求令自己满意的作品。以此态度创作出的作品可能让人无法理解,也可能会花上无止境的漫长时间才能完成一部作品。因此,秉持这种态度创作时,必然不会考虑成本及产量多寡的问题。所谓的艺术家,指的就是朝此方向前进的人。

另一种创作态度则是将个人定位为社会

的一分子进而从事创作。创作者意识到社会的需求与供给，看准现今社会希望创作者提供的方向，将自己置身在此方向中，自然就会以商业角度作为考虑。社会上大多数的专业人士都可归为此类。

身为一名音乐家，我所秉持的态度为后者，但这并不表示我纯从商业角度进行作曲，创造性当然是我最重视的。

要成为一名艺术家并非难事。姑且不谈作品内容，在这个社会上，艺术家只要自己说了算就行。即使得不到别人认同，能够说服自己就够了，可见有多么容易。从表示"我是位艺术家"的那一瞬间起，那个人就是位艺术家了。说得极端一点，就算没有任何作品也无所谓。

相反，若从商业角度从事创作工作，即使拼命表示自己是"此领域的专家""具备专业的自信"，一旦接不到工作，或能力未获认同，就没有任何意义。如果能得到"这家伙还蛮有趣的，让他试试""做得还不错，好吧，就把工作交给他吧"这样的认同，就得在实际承接的工作中展现成果。至于接到的是不是好工作，有资格下结论的绝对不是你自己，而是发案的客户，或视社会的需求而定。创作的目的并不是要触动多少人的情绪，但仍必须不断意识到这点。创作者经常摆荡在创造性及需求的夹缝中，苦心思索自己能创造出怎样具有创意的作品。

无论是哪一个方向，创作者期望创作好作品的心情并没有不同。差别在于每个人在生命中对于有价值、有意义的东西的认知不同。

年轻时，我曾有一段时间只从艺术的角度创作音乐。

从大学时期至30岁左右，我一头栽进现代音乐，大步朝着这条很难得到一般大众理解的路线迈进。

现代音乐的领域里，前卫艺术是我最想走的方向。例如约翰·凯奇（John Cage）[1]的作品《4分33秒》，演奏者上台后，坐在键盘前面什么都没弹就下台走人；或者是"偶然操作"（chance operation）在舞台上演奏格洛波卡（Vinko Globokar）[2]的乐曲时，同时也摔椅子。创作家在此领域追求着音乐的可能性，因此进行许多实验性质的尝试。

我当时创作的音乐属于"极简音乐"（minimal music），这类音乐将简短的乐句或节奏稍作变化，接着不断地重复。极简音乐有着古典音乐所丧失的节奏，也具备充满迷人调性的和声。第一次听到时，身体受到的冲击犹如电流通过，我立刻为之着迷。

但在离开音乐大学后，经过持续10年左右的创作过程后，我似乎走进一个死胡同，我重新开始思考从事音乐创作的意义。若要将自己在音乐上所做的实验合理化为前卫艺术，平日就得思考如何在音乐世界中以理论证明，或如何用语言推翻别人的逻辑；对我而言，这已经无法被称为音乐了。

我本来就不是样样精通、能够同时兼顾许多事的人。如同钟摆在大幅度地摆动时，不是向左就是向右。当时的我亦是如此。我舍弃将音乐视为艺术创作的这条道路，决心成为一名"街头音乐家"，尽可能创作出接受度高、可以拥有许多听众的音乐。

与现在相比，我年轻时更加死心眼，所以也就没想过街头音乐家与极简音乐创作可以并行。

就这样，接下来的项目我都不打算放过，抱着这种态度从事作曲工作时，我接到电影《风之谷》（宫崎骏导演，1984）的作曲委托工作。

我原本想成为一名追求极简音乐的艺术家，后来虽然在这条道路上暂时迷失方向，但在电影配乐的领域里，我却能以不同的形态，活用自己在极简音乐上的敏锐度。如果当初拘泥于艺术的角度，应该发展不出今日的风格吧。

---

1 约翰·凯奇（1912—1992）：美国前卫作曲家，勋伯格的学生，他的音乐受佛学禅宗和中国《易经》的影响。他的代表作是没有任何音符的《4分33秒》。
2 格洛波卡（1934— ）：斯洛尼亚裔法国前卫作曲家，作品强调即兴，使用非传统的乐器和作曲技巧。

何谓一流?
何谓专业?

如果有人问我:"作曲家摆在第一位的是什么事情?"我一定会毫不犹豫地回答:"总之,就是不断地创作。"

现在,我所从事的音乐创作属于娱乐范畴。就音乐类型而言,归类于流行音乐中。这么说来,我创作的目的是为了赚钱,或写出畅销的曲子吗?我无法完全否认,如果只是用是否畅销来衡量创作的价值,这样的志向就显得有点可悲。

我打从心底想要创作出完成度更高的

"好音乐"。完成的作品若能令人感受到喜悦，对我来说再高兴不过了。

如果我的目标只是想专心创作自己喜爱的东西，我应该就不会视作曲为职业，而是到学校当个音乐老师，花个一两年写出一首交响曲吧。如果只是想要创作自己想要的东西，最好不要将创作当成职业。

要将创作当成一份工作，不能只是做出一两个好作品。如果一辈子只有一个作品，任何人都可以谱出好的曲子、写出好的小说，或拍出好的电影。只要学会最基本的技巧，接着全身心投入创作，任何人都可以创作出优秀作品。但是，工作是一条连贯的"线"，并非只是单独的"点"。集中精神思考、创作作品，是否能够接连不断、持之以恒地去完成？如果办得到的话，就能自称为作曲家、小说家或电影导演，并且以此为生。

所谓出色的专业人士，指的就是能持续不断地表现自己专业能力的人。

进一步而言，身为一名专业人士，被归为一流或二流的差别，也与能否持续这股力量有关。

例如，假设有个公认二流的交响乐团，找来一位非常有才能的指挥，他凝聚全体成员的情绪，带领大家不断拼命练习，打败了第一流的交响乐团。只要整体团结一致，将力量集中于一点,就能发挥超乎预期的巨大力量,完成一场大获好评的绝佳演奏。然而并不表示这个交响乐团从此脱离二流的行列,成为一流乐团。问题在于是否能随时发挥出这样的能力。如果换了指挥就无法发挥实力,或无法保持相同的水平,这个乐团仍旧只是二流水平而已。

无论是餐厅、寿司店还是拉面店,能够随时提供质量稳定的美味,才算得上是一流的店。如果一家店的餐点时而可口、时而走味,过不了多久就会关门大吉。

所谓的一流,即拥有每一次都能够发挥高水平的能力。

创作者不能过度依赖情绪

作曲家的基本课题就是"写出好的乐曲"。如果要持续创作许多超水平的曲子,我认为不能依赖个人随时变化的情绪。

只要是人,都会有情绪起伏。健康情况、心情和周遭环境等也成为影响当下外在状态的可能因素。如果让自己完全随着当下的状态起舞,一遇到好事,心情愉快,就觉得似乎可以写出好作品;相反,若心情不佳,创作也就因此停滞。

对于需要长期创作的人而言,如果完全

借助情绪作为创作的依托，那是相当危险的。

以爵士乐手为例，其每天的工作是现场即兴演奏，而即兴演出的优劣与否，往往容易受到情绪高低起伏的影响。如果某天乐手的情绪一来，呈现出一场绝佳的演奏，那么隔天是否还能有相同的表现呢？完全依赖情绪的话，便无法让演奏者每次都维持着表演所需的适度张力。

而且，一年要演出100首、200首，甚至是更多首的现场演奏，若经年累月过着这种生活，将逐渐无法感受演奏本身的刺激，此时乐手会想借助外在的力量刺激自己的情绪。最快速的方法就是借助毒品。因此，曾经有不少爵士乐手不自觉地沾染上毒品。

当然，并非所有爵士乐手都是如此，这只是极端的例子。不过，若在音乐的创作上过度依赖情绪，就得冒这样的风险。

情绪并非感性的主轴，这点千万不能搞错。

我深切地了解，若要切实且持续不断地创作大量的曲子，就不能任由自己受情绪影响。

心灵的基本建设，始于规律的生活

若想要具备创意，又要持续完成许多工作，打造一个不受情绪影响的工作环境也很重要。以我个人而言，开始作曲工作时，我会留意让生活维持固定的步调，尽可能过着规律、平顺的日子。

制作电影配乐时，每部电影需要创作出20至30首曲子，而工作时间是一个月左右。因此，必须事先分配好每天的进度，不能以悠闲为借口放纵自己，比如今天没有心情，所以写不出来之类的。即使没有心情、身体状况不好，如果不按照进度进行，就无法准时完成。因此，就算身体有些不舒服、心情欠佳，也要设法不打乱自己的步调。

创作电影《哈尔的移动城堡》（宫崎骏导演，2004）的配乐时，为了专注于作曲，我一直待在小渊泽的录音室。具体而言，我每天的时间大致分配如下：

早上9点45分，在手机闹铃声中醒来。

喝杯咖啡，10点到附近山上散步1小时左右。

11点半左右，享用早午餐。

冲个澡后，12点多进录音室。

专心作曲到晚上6点。

6点用餐。无论肚子饿不饿，强迫自己一定要吃晚餐。

7点半再回到录音室内作曲，直至凌晨12点或1点。

接着，喝酒缓和紧绷的神经，做做伸展运动放松身体。

躺在床上看书，准备就寝。大约凌晨3点半至4点入睡。

若再认真一点，也可以不吃晚餐一直做下去，或彻夜赶工。但是，这么做的后果将导致负荷过重，隔天的效率一定会降低。

作曲家如同马拉松选手一样,若要跑完长距离的赛程,就不能乱了步调。

借助固定的步调,制造出容易保持专注的工作环境,并且调整好自己的状态。如此一来,就几乎不会受到情绪起伏等因素的影响了。

10天内写出11首三管编制的交响乐团版配乐,这个不可能的任务就是如此实现的。

《哈尔的移动城堡》的电影配乐创作有如神助,是理想中的工作状态。然而,并非每次都能如此顺利。

作曲并非为了讨人欢心

虽然我希望创作出能让人感到喜悦、以人为本的音乐,但我在作曲时,从不曾在意别人的评价。这点是比较难以解释清楚的。

常常有人向我表示"听到那么优美的旋律而落泪""音乐太让人感动了",我会因此感到非常光荣,但那只不过是我创作音乐所附带的结果罢了。

在我作曲时,从未想过做出来的音乐要触动人心,或要写出一首令人为之落泪的优美旋律等。听众想如何诠释应该是他们的自由。

创作电影配乐时，我也从未想过要迎合导演。我只从整部作品的角度思考这个画面或这部电影需要什么样的音乐。我想导演大概也完全没想过某段音乐是否符合自己的喜好，而是以是否合乎这部电影的内容作为考虑吧。

创作电影配乐的重点在于要确实提供这份工作、这部电影真正需要的作品，因此首要课题在于我是否能够达到这个目标。导演站在一位电影创作者的立场，如果他欣赏我的作品，就会告诉我："嗯，很不错。"当作品呈现在世人面前，如果观众喜欢，听到的评价就是："这首曲子真的很棒！"这就是所谓的附加价值。因此，我在创作音乐时，就不曾想过要迎合导演或观众的口味。

即使是上班族，如果有人工作时只想着如何讨好上司，又会让人作何感想？

我想对这些人说，别把工作的意义浪费在这种地方。

创作好的作品以及完成作品后的评价，看起来虽然是一体两面，但是基本意义上却有所不同。我认为创作不能完全与大众的需求脱离关系，但也不能因此而迎合大众的需求。

「久石老师真是中规中矩啊」

从事创作或艺术表现的人,其特立独行之处会被视为有个性,即使与一般人的感觉稍有出入,还是能够被接受。

"看吧,那个人是位艺术家,所以……"

身为社会的一分子,即使某些部分稍微脱离常规,冲着这句话,大家还是可以认同。

有次我在录某个广播节目时,邀请到养老孟司教授上节目。在该节目中,我也负责主持的工作。那天我与养老教授聊到一个非常耐人寻味的话题:许多画家的个性都很古怪,但这是有原因的。

根据养老教授所说,在任何时空坐标轴中所创造的作品,全都具备着逻辑性的构造。这是什么意思呢?举例来说,语言如果只有"A"一个字母,根本没有任何意义。如果把字母连接起来,比如"ABCDE"或"APPLE",才会产生意义。书的内容也是按照文字、词语、句段、章节,以及文章脉络等要素连贯而成。

音乐也是如此。如果只有"Do"一个单音,并不具备任何意义。如果不是像"Do Mi So"这样将单音连贯在一起,就无法构成音乐。

电影也是靠着一幕幕连贯的影像画面而产生意义。

换句话说,无论是音乐、文学还是电影,只要是在时间流逝下产生的作品,就都具备逻辑性的结构。

相较之下,绘画作品呈现出的内容,在看到的那一刹那就能理解。绘画具备瞬间表现世界的力量。由于不需通过时间流逝来呈现内容,所以在理解时所直接诉诸的"点"就是感觉,而非逻辑性的结构。因此,画家无论是思考或行动,往往注重感性的部分。

经过养老教授这么一提,好像真是如此。即使脱离常规,也要生活得无拘无束、离经叛道,这种人多半从事美术等相关工作,例如把自己耳朵割掉的梵高等人。话虽如此,在音乐家之中，也曾听说瓦格纳曾罹患过神经性梅毒，这则传闻是否属实就不得而知了。

"所以大部分音乐家的思考都有着逻辑性，而久石老师也真的是位中规中矩的人啊！"养老教授说这句话时，是因为看到我当主持人时，能够确实遵守时间进行节目的缘故吗？这点我并不清楚。不过，由话中的前后关系判断，我认为当时养老教授的这句话是对我的一种赞美。

不过，对于从事创作的人而言，"中规中矩"这个词有时也会变成一把恐怖的利刃。

假设委托作曲的电影导演，要听我作好的曲子时，我对他说："这次作品的主题就用这首曲子，您觉得如何？"

导演如果对我说："很中规中矩！"我会不由自主感到惶恐。这句话的意思就是："没有爆点，缺乏创意啊！"

中规中矩其实是一体的两面。

95%的理性,5%的感性

"创作这件事,重点在于感性。"然而,所谓的感性究竟是什么呢?

日本人单纯凭着模糊不清的印象,似乎将"感性"一词想得过于重要。即使不清楚这个词的内涵是什么,也认为无论如何就是要重视,并将其摆在崇高的位置上加以膜拜。结果反而让人误以为日本人从一开始都不懂这个词的实际内涵。

冷静地分析整理"感性"一词涵盖的内容,得出的结果当然也包含个人所具备的感觉。不过可以想见，更重要的是感觉所依据的基础，其实是每个人自身过去所累积的点点滴滴。

身为一名创作者，抱持的态度是能不断提出新构想，并且靠自己进行创作。但是，我在创作乐曲时，事实上是靠着我过去的经验、知识，迄今为止听过、接触过的音乐，以及身为一名作曲家，在这一路走来所学到的方法和思考过的事情，创作出的乐曲就是源于这些过去的累积。自己体内有着这些不同类型、一路培养出来的基础，因此我才能从事创作活动。

如果我过去不曾学过古典音乐，或没有受到极简音乐的影响，创作出来的音乐形式大概会和现在截然不同。

"创作是感性的行为，是创作者的心智活动。"对于创作者而言，如此大言不惭的主张的确比较体面。可惜光凭个人的感觉，想从无到有完成所有创作，根本就是天方夜谭。

所以说，我创作时所依据的并不是那种意义模糊的感性。

作曲需要的是符合逻辑的思考，以及骤然闪现的灵感。

符合逻辑的思考，要依据脑中所累积的知识、经验等等。曾经学过什么、体验过什么，才能逐渐构成创作的血肉，这些都存在于逻辑思考的本质之中。

95%左右的理性不就是这些东西吗？

换句话说，依据这种逻辑去思考，无论何时应该都能创作出具有一定水平的作品。只要踏实地完成工作，就能取得相对的成果，无关乎情绪好坏。

不过，即便如此，也不见得就能创作、作曲。关键因素在于剩下的5%。这部分指的就是创作者的感觉，即骤然闪现的灵感。这是创作者赋予作品原创性的特有部分，宛如调味料一般。这才是"创造力的关键"。

我认为创作的核心还是在于直觉。如果往这个方向发展，似乎可以做出什么有趣的作品，这就是直觉引导而出的想法。是否能让作品变得更棒，或更具创意，直觉的敏锐与否乃是关键所在。

更进一步分析可以发现，将直觉磨炼得更为敏锐的其实也是过去的经验。所谓的创作，并无法清楚区分哪一部分具有逻辑性、哪一部分是个人的感觉。创作是要结合体内所有的东西，在此混沌状态中去面对的课题。

如果欠缺逻辑或理性，就无法创作出让人容易接受的作品；而如果只经过思考整理，缺少闪现的灵感，也无法创作出触动人心的音乐。遇到无法借助理性思考的部分，创作者会感到苦恼、烦闷，然后抱着全力以赴的决心，希望可以创作出一些什么东西。这时候，要摒除在意识中的主观看法，例如，迷信经验、先入为主等想法。若能达到这个境界，就能创造出感动人心的音乐。如前所述，我认为理性与感性的直觉比重分配为95%与5%。不过，随着所处的情况不同，我对于这个比重分配也会产生变化。

如果觉得自己学得不够，就必须要多看、多听、多吸收不同的东西，累积经验知识。深刻感受到这一点时，逻辑性的比重就会增加，我想，"大概99%都会是累积的经验所发挥的效果"。另一方面，当自己进入作曲模式而感到苦恼时，内心的想法是："靠着累积的经验来创作，就完全不会感到痛苦。这时候重要的就是直觉啊！"因此，两者的比重分配随时都在产生变化。

如果能够顺利掌握核心，创作出来的作品就会具有说服力。

事实上，这并不是件容易的事。如何才能抓住灵感或直觉启示之类的东西？这问题困扰着每个人。我也可以说是每天都为此而苦恼。

第一印象尤为重要

接到某部电影或某个广告的配乐工作时,我会事先读脚本。与导演讨论时,我也会询问导演想借助影像呈现的想法是什么。在这个阶段,我非常重视自己感受到的第一印象。

虽然只是最初的印象,但有时候脑中会突然浮现音乐旋律,有时候则只是抓到一点儿感觉而已。

广告配乐工作得到的第一印象大多与音乐没有直接关系,有时候是浮现在眼前的一幅清晰的图像,例如,"这则广告犹如锐角一样,带有尖锐的感觉""有种融顺柔和的印象，以色彩来比喻，就像是粉彩淡色系般的感觉"。

这种最初的印象不能任其流逝，因此我会写笔记。在阅读脚本的过程中，如果脑中浮现出旋律，我就会赶紧在脚本背面画五线谱记录下来。

然而，就算是想到了旋律，也不能原封不动地拿来套用。从这段旋律得出某个概念，再进一步思考必须做出何种作品，采用什么样的节奏进行，或应该使用哪一种乐器。实际在作曲时，最初浮现的印象往往出乎意料的有用。

花费时间进行摸索的过程中，有时会越来越清楚应该要做出什么样的作品，有时则是渐渐觉得自己像是走入了迷宫。若迷失了方向，我会重新回想刚开始的印象。有时也会发现自己原先钻牛角尖而没有看到的东西。这部作品要求的是什么？对这部作品最初的印象从何而来？重新回想这些是最好的方法。

好玩的是，最早想到的旋律早就忘得一干二净，但就在寻寻觅觅的过程中，往往又重新拾回最初的印象。令人意外的是这样的情况并不少见。

站在创作者的立场而言，所谓的第一印象，就是由"想做出好作品"的想法而衍生出的多余观念还未影响创作者，因此创作者能用最直接的方式，原封不动地呈现自己的感受。我认为这是好的呈现方式。

歌德也曾说过:"感觉不会骗人,骗人的乃是判断。"

灵感在无意识中乍现？

根据我过去的经验，稍纵即逝的灵感似乎大多出现在无意识的时候。

虽然说是无意识的时候，但并非完全没有在思考，而是苦思要做出怎样的作品而将身心完全投入其中，不断将自己逼到极限的过程。即在潜意识中随时都在思考创作的状况下，好的想法突然间就浮现出来。这个过程并没有固定的公式可循。何时出现、如何出现、浮现的又是何种灵感，均随着不同的情况而改变。

举例来说，创作电影《龙猫》（宫崎骏导演，1988）的配乐《散步》这首曲子时，副歌的旋律就是我在浴室泡澡时想到的。

灵感有时在冲澡时突然浮现，有时则在吃饭、钻进被窝打算要睡觉、上厕所、在健身房游泳、和朋友喝酒，或坐在回家路上的出租车时浮现。

换句话说，相对于全身心思考某件事情，无意识做着日常生活中的某件事时，好的想法反而更容易突然涌现。比起一直执着地胡乱探索，无意识出现的灵感反而更加理想。

脑中设想要写出某种类型的乐曲时，这个阶段才刚开始而已。作曲的本质是要更加深入无意识的世界，在一片混沌中探寻自己也未曾想过的自我。如果一心想创作的念头很强烈，我想这还只是停留在用头脑构思的阶段。

我记下每次浮现的灵感，接着带到录音室谱成具体的乐曲。有时已经写到一半才会发现："咦！这个想法似乎不是我所要的。"

谱写乐曲的过程中，似乎越来越肯定涌现的灵感应该可行，由此感到非常高兴和兴奋，这才是好现象。

真正的好东西不是思考计算出来的

这是在为北野武导演的电影《大佬》(2000)制作配乐时的事。

为了充分感受这部电影所要呈现的世界观,我前往洛杉矶的拍片现场,从旁观看摄影过程,同时不断思考要做出何种音乐。开始作曲前,原本的想法是以电吉他配合交响乐来编曲。事实上我也找了一位知名的吉他手,请他腾出时间帮忙录音。

然而,开始作曲后的第二天,我突然觉得:"这不是我想要的……不是吉他才对。"

有趣的是，从这个感觉中又涌现了新灵感。

最后完成的曲子是在爵士风格中加入充满律动感的民族音乐旋律，乐器使用音色比小喇叭柔和的粗管短号（Flugelhorn），同时搭配上交响乐。

事后回想，在描绘整体印象的阶段，脑中想的是："如果朝这个方向进行，一定可以创作出有趣的作品。"这时候想到的"好"，仍只是局限在用脑思考的框架之中。在此想法中，或许还掺杂了商业上的考虑，觉得如果请来这么有名的吉他手，就能制造充分的话题。

但是，脑中思考出来的"好"和我实际想创作的成品根本就是天壤之别，就像是在三岔路口，要选择往哪儿走一样。

然而，在我的心中，并不是180度地突然转变成为另外一个想法。我的目的只有一个，就是为这部电影制作出好的配乐。朝着这个目标，不断将自己逼至极限时，就会看到另一番风景。对于自己想要创作的东西，无法在一开始就看清全貌，经常不断地在调整方向。这种时候，只能说是自己的直觉一直在对我喊着："往这个方向进行才对！"

自然顺产的作品要胜过思考出的"好作品"，就是这么一回事。如果顺利掌握住那道闪现的灵感，作出来的曲子必定会成功。

创作虽然是个性的表现，其中却包含着各式各样的要素。有感觉，也有理论；有庸俗，也有高雅；有自己相当喜欢的部分，也有非常讨厌的部分；有充满自信坚持个人风格的部分，也有想要努力克服的弱点。

所谓的创作，就是要让拥有如此多样面相的自己完全动起来，同时又要剥除自己所意识到的东西；如此一来，自然就会享受个中乐趣，不是吗？

因此，在创作过程中，必须随时把自己推向极限。极限的前方，会有充满魅力的崭新事物在等着，这就是我的想法。如果只是借助自己在脑中思考而得的东西来一决胜负，最终也不过是庸俗普通的作品吧。

产生绝对信心的瞬间

在迷惘中创作出音乐，可以说是让音乐人最感到喜悦的时刻。

创作音乐的过程中，有着"产生绝对信心的瞬间"。突然想到将吉他改成粗管短号就是其中的一个例子。完成乐曲的过程里，自己会感到视野好像逐渐开阔了。即使连创作者本身也无法得知这一刻何时到来，但是在自己觉得没有问题的瞬间，也可以说是"超越极限"的瞬间就这样突然来临了。这一刻可称为"完全认同的瞬间"。

从开始作曲到产生绝对信心的瞬间,这段过程最为痛苦,创作者不断重复地自问自答。"这样做可以吗?"

"可以吧!应该没有什么奇怪的地方啊!"

"但是,没有任何感觉……"

"就理论的部分来说,没有任何错误,而且旋律也不差,对吧……"

身处在此阶段,说明连自己都还无法认同自己的作品。尽管想要以道理说服自己也是无济于事。即使将电影需要的二十几首配乐全数完成,也无法认定这些作品绝对可行。

遇到这种困境,我会尝试各式各样的解决方法,比如重听过去自己在意的音乐,或喝一杯放松一下心情。但是到目前为止,我还没有发现解决这种困境最关键有效的方法。

最近,我对创作的心态有所改变,觉得到头来还是只能靠着自己埋头拼命思考。只能不断地思考,渐渐将自己推到极限,感觉唯有这条路可行。投入时间与精力,让自己更容易感受灵感降临的瞬间。

换句话说,我认为唯一解决创作困境的方法,就是制造一个创作的环境,让自己做好准备,更容易感受到灵感。

在做好准备之前,每次都得持续一段非常难熬的状态。创作的大门若"砰"的一声打开了,后续的过程就很顺利。即使要创作的曲目再多、时间再急迫,也能够完全集中心力向前迈进，感觉能够一口气完成所有的工作。

在此过程中，有时作品会因此焕然一新。或许只是做了一点改动，比如将添加过多的音符拿掉，让整首曲子简洁利落，甚至只是更改一个音符，整首曲子就会变得完全不同，也总算是创作出属于自己的作品。

自己创作出来的乐曲，第一位听众就是自己。因此，如果连自己都无法感到兴奋，这样的作品还是不行。如果完成的作品不能让自己觉得好、感到高兴，也就根本无法打动听众的心。作品刚完成时，最佳听众就是创作者本人。

若完成一首从心底满意的乐曲，就会感到开心兴奋，接着会传达给身边的人："嘿，听听看！听听看！"若不想让别人听，就是无法由衷对自己的创作感到高兴，自然无法让自己打从心底认同。这两种情况非常容易理解。若是对自己的创作感到开心，还是希望能够让所有人都听见。

有时不妨跟着感觉走

瞬间由直觉闪现的灵感引领自己前进的情况也会出现在演奏会上。

这一阵子,我常有担任交响乐团指挥的机会。过去我总认为,要完成一场好的演奏会,指挥者只需要练习。

以演奏肖斯塔科维奇(Shostakovich)[1]的曲子为例,如何呈现他的乐曲,诠释的方法会因人而异。如果要完整告诉全乐团我是如何诠释、我想要怎样的演奏方式,唯有通过练习才能实现。因此,过去的我始终认为,只要认真地练习，就会获得完美的结果。

练习得够扎实就会有好的演出，就某方面而言，的确毋庸置疑。不过，光是如此并不足以完成一场最佳的表演。通常我与交响乐团的练习时间短得令人难以置信。

正式演出时，有着那个时刻、那个场所才会产生的独特气氛，如在我步出舞台的瞬间，观众以及乐团的反应。乍看之下，这些不过是非常琐碎的事情。例如，乐团成员因为不停熬夜而精神不济；由于下雨的缘故，观众显得有些心浮气躁；或台下大部分都是上了年纪的观众。在演出场所的人们所呈现的状态会酝酿出这样一种气氛。

如果能够察觉、掌握住这种气氛，脑中自然会明确演奏的方向，知道"今天应该要如何进行"。站上指挥台的那一刻，或忽然挥手的瞬间，如果能捕捉这种气氛中传来的"声音"，那场演奏会毫无疑问已经成功。一站上舞台，演奏的拍子无论是比练习快还是慢，自由地加以变化都无所谓。或许有人会觉得："咦！演奏速度怎么这么快？"即使出现这种声音也没关系，最好在演奏时完全不知道发生何种情况。

演奏时再度呈现与练习完全一致的状态，这是充满理性的表现方式。但这只是进行事前安排的步骤而已。这种演奏方式或许能得到某种程度的满足，而这也只是为了不辜负众人的期望，观众只能得到 70~80 分的满足感罢了。

然而，演奏时如果能够掌握现场的气氛，无论是观众或乐团都能融为一体，完成一场动人的音乐会。观众能因此从中感受到乐曲深层的部分，如此更胜过正确的演奏。这就是在现场演出中最美妙的地方。

像这类产生绝对信心、全心认同以及掌握气氛的瞬间，只能凭感觉得知。即使再怎么努力，也无法凭借努力而获得。

最后要谈谈直觉。如果有一个简单易懂的方法论，告诉我们往哪个方向前进能顺利到达目标，那么所有人都会照做。就是因为没有这种方法论，所有人都得不断地奋斗。所谓的磨炼感性，就是要培养出这种直觉。

---

1 肖斯塔科维奇（1906—1975）：苏联最重要的音乐家之一，他的 15 部交响曲让他享有 20 世纪交响大师的盛誉。

做决定的关键

决定某件事情时,我的判断标准大部分都是取决于自己能否完全地说服自己。

前一阵子,我替一部中国电影制作配乐时,为了选择在日本还是在中国录音的问题而感到非常困惑。中国也有设备极好的录音室,工作人员也很热情,又有干劲。但是,就技术层面而言,日本仍是远远优于中国。

而且,如果要在北京录制,还有个重大的问题得解决。目前录制电影配乐的主流是以5·1声道技术混音为主〔吉卜力(Ghibli)工作室的作品则是采用6·1声道]。这种录音手法使用左前方、右前方及中央3台扬声器，还有后方的左侧环绕与右侧环绕，再加上一台被称为"低音炮"（Subwoofer）的低音扬声器。然而，中国当地仍未使用过5·1声道的录制技术。

撇开这个问题不谈，身在中国根本无法预测会发生什么事。在日本录制显然会比较顺利。既然不是时间多得无处花，音乐的构成也不是非得要由中国交响乐团演奏不可，因此我倾向于在日本录制。

但是，我怎样都觉得不对劲儿。我想，环境中的事物会反映时代的潮流。于是，我选择到北京录制。

大体而言，人们都很喜欢尝试尚未做过的事，也不知道是不是天性固执的关系，如果有两条路让我选，我往往倾向选择困难的那一条。

难得接到中国电影的配乐工作，又有机会与当地人共同进行在中国首度尝试使用的5·1声道。心中某个有别于理性的角落告诉我："如此一来，就只能放手一搏了！"借着这次的机会，如果可以让5·1声道的录制技术在中国落地生根，会是件多棒的事啊！这份工作不仅仅是制作一部电影的配乐，同时也具有文化交流的意义。

让我感到全心认同的决定，就是选择"在北京录制"的这一条路。

凡事皆如此。如果以犹豫不决的心态做选择，一旦遇到严苛考验时，就容易令人感到挫败，后悔当初不该选择这条道路。不是走在一条由衷认同的道路上，也就无法对自己所要背负的辛苦或失败有所觉悟。

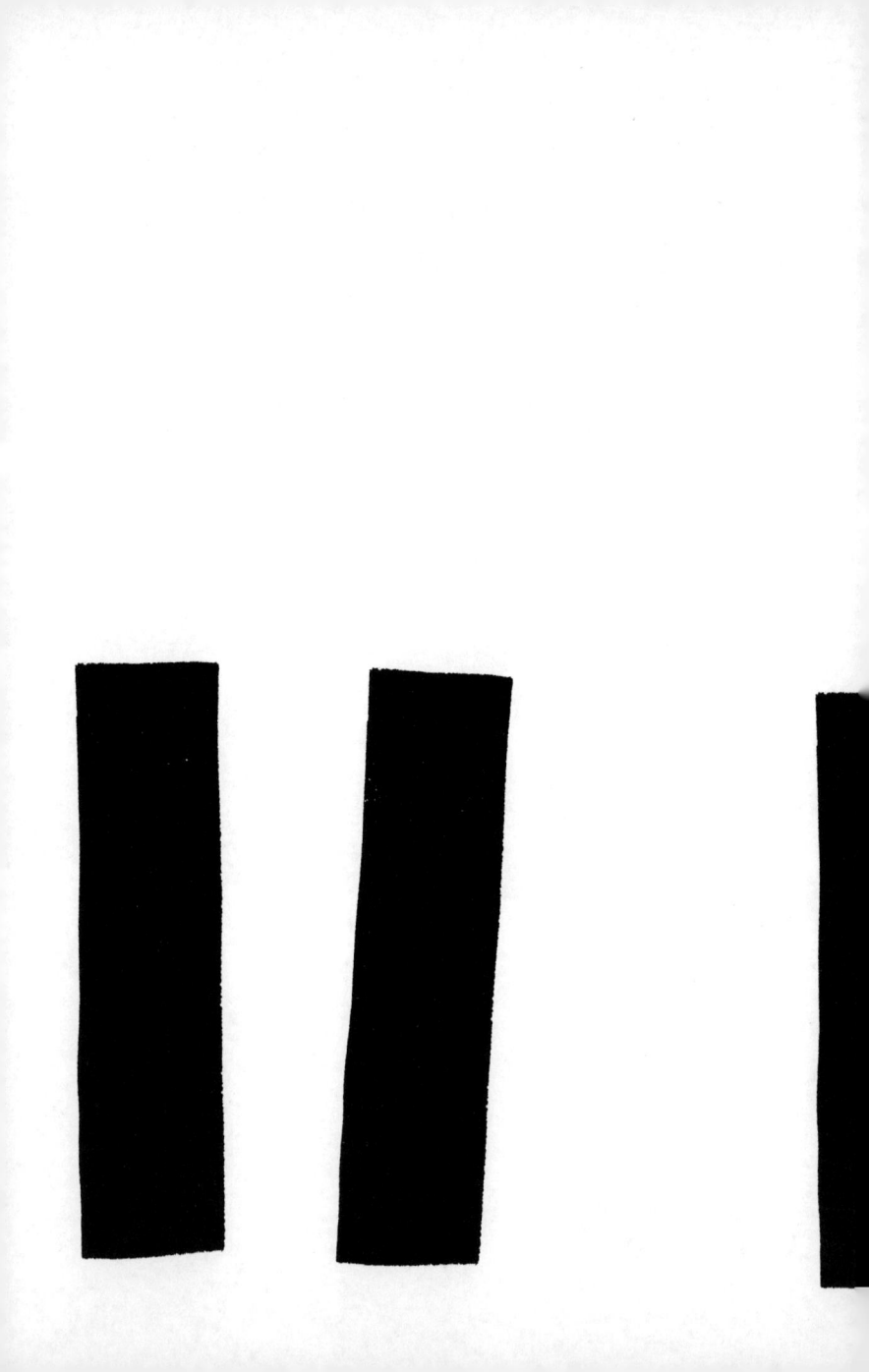

2

训练直觉能力

磨炼感性的关键
大量吸收和积累

最近与许多人交谈后,我的心得是:多看、多听、多读是件很重要的事。

创造力源自感性,而构成感性的基础则是脑中的知识与经验的积累。不断增加脑中的知识与经验,有助于扩展个人的包容力。

举例来说,当有人问看过某部电影了吗,你如果只能回答"还没看过",这段谈话就无法继续。如果只是一般的闲聊就算了,但是若对方也许是想借着这部电影,谈谈与创意相关的话题,此时若搭不上话,岂不是可惜。

有些书籍是必读书。回顾过往，每年都会有几本被定位为剖析时代面相的书，就如同当年的标志一般。即使每年只读两三本，如果能够毫无偏差地抓住书中重点，也是很了不起的。这可是需要相当的能力，能够自行筛选事物。

　　一般而言，我们并不清楚哪本书中具有上述的价值。对于不知道该如何筛选的人而言，所能做的就是大量阅读。

　　量胜于质，即指吸收大量知识。虽然有时会感觉读的书很乏味、一点趣味也没有，不过这也是种累积。吸收各式各样的知识，再通过自己不断过滤，我认为在此过程中就能逐渐培养出筛选的能力。

　　将触角伸展至各种领域，让自己多看、多听、多读，走走、尝试、感觉，尽量不断增加自身累积的知识或经验。以我个人来说，当我全身心投入作曲时，会与周遭信息完全隔离，因此能够吸收的时间有限，但我还是会尽量累积。

　　除此之外，我不太喜欢旅行。不过，我仍想尽量到各地亲眼瞧瞧。例如在为一部以北京为背景的电影配乐时，我对于北京仅有的印象都源自脑中的知识，这与亲身体验截然不同。实际走上一回，才知道北京大得离谱，走到脚都发软了，让人不自觉想嘟囔个几句："紫禁城干吗大成这样啊！而且，北京春天刮的黄沙真是够呛……"有了这种亲身经历，自然会增加印象的深度。

尽量多接触一些事物,扩展自己的包容力,乃是磨炼感性的最高真理。

再无聊的经历中也有意外收获

我去听某位英国男歌唱家的公演。对我来说,这真是一场再无聊不过的音乐会。歌声虽然很好,但是曲目的编排很差,因此不管唱到哪首,听起来完全一样,在这方面一点儿都不用心。音乐会结束后,我甚至想对邀请我的人抱怨几句。

然而,即使是像这样的音乐会,仍有其可取之处。担任伴奏的日本交响乐团虽然没有特别值得一提的地方,但到了某一首曲子时,外籍指挥突然坐到钢琴前弹奏,带着一股令人无法忽略他存在的气势,演奏出一首足以与歌声相抗衡的乐曲。这让我感到:"唉!这样的演奏才称得上是音乐啊!"

另一个收获是在音乐会进行到舒伯特[1]的《圣母颂》(*Ave Maria*)时,我听着听着,突然脑中浮现出某个想法。我决定在一场夏夜限定音乐会上,以这首《圣母颂》作为闭幕曲。这首曲子做结尾最适合那场音乐会。我因此而感到雀跃不已,甚至觉得光是获得这份灵感,也就不枉来这场音乐会了。

即使不是自己主动想去的音乐会,也能从中得到令人振奋的启示。

多看、多听真的一点儿也没错。

---

[1] 弗兰茨·舒伯特(1797—1828),19 世纪奥地利音乐家,重要作品有《魔王》《鳟鱼五重奏》等。

刻意锻炼自己的敏感度

感性的关键在于直觉能力。即使由经验所得的知识再怎么丰富,如果不能活用于创作上,就毫无意义可言。活用时不可或缺的要素是什么?发挥出怎样的精髓才能产生有趣的作品?若要借助脑中闪现的一丝想法串联起上述各点,全都得依靠个人的直觉。

如何才能培养直觉?除了扩展包容力的首要真理外,第二条重要的真理就是要锻炼自己的敏感度,让脑中感受直觉的侦测器能够敏锐地运作,即提升自我的感受能力。

针对第二条真理，我想在本章之中，稍微叙述一些自己从过去的经验中所得到的发现和判断。过去人们是从经验之中学得生活的智慧。举例来说，就算没有天气预报，渔夫仍可以事先察觉"台风要来了"。换句话说，人借助经验衍生出的独特第六感，就能够找出自己所需的智慧。

从一般人没有看见或听见的事物之中，感受能够撩动心弦的事物。这种犹如沙中淘金的感觉，对于创作相当重要。因此，要培养出这种感受能力。

宫崎骏导演虽然表示自己很少看流行电影，但据说他只要看5分钟，大概就能掌握整部电影的内容。从这一点就能得知他的才能。

在我自己的专业领域——音乐中，我也能凭直觉对一些事情做出判断。

其中，特别有趣的一项是乐谱。

动听的音乐 连乐谱都完美

如果是交响乐曲的总谱，由上而下的排列顺序分别是木管乐器、铜管乐器、打击乐器以及弦乐器。只要一看到乐谱，脑中自然就响起乐谱上的音乐。

先是木管乐器独奏，接着加入弦乐器，过了一会儿猛然吹奏起铜管乐器，最后出场的是打击乐器。各种乐器按照乐谱的配置，依次出现。随着乐曲逐渐进入高潮，音色越来越厚实，所有乐器同时演奏。

一首好的音乐，音符在乐谱上的配置犹

如图画一般美丽。

因此，只要看过一两页乐谱，就能得知整首乐曲的搭配是否均匀，也能了解作曲者的才能如何，有时甚至还能从中看出作曲者的性格。

我自己在作曲时，会通篇看过写好的乐谱。如果无法感觉这份乐谱很美，就一定是有音符出了差错。只要看过乐谱，就能够锁定目标，大概知道哪一个部分有问题，从而造成乐曲的不协调。

交响乐的音色相当重要，必须在各种乐器的音色间取得平衡。如果将主旋律全都放在第一小提琴上，整首曲子给人的印象便会显得平板单调。因此，如果觉得旋律都集中在弦乐器时，得花点工夫把某个段落换成木管乐器，让全体成员都能确实地处在演奏的状态下。如果成员有 100 个人，最好让这 100 名成员明确知道各自要负责的部分是伴奏还是旋律，接下来的工作又是什么。

最棒的乐谱是没有任何多余的音符，所有的音符都必须存在。

在演奏过程中，只要有一名成员突然想打喷嚏而暂停演奏，就会让整体演奏不再协调。严密的乐谱呈现出的音乐才是最理想的。

如果只是一味堆砌音符，看起来就像是穿着很臃肿的中年男子，让人感觉："这种乐谱的累赘太多了！"

今年夏天预定举办的演奏会上，我要指挥卡尔·奥尔夫（Carl Orff）[1]的作品《布兰诗歌》（*Carmina Burana*），因此这段时间经常在看乐谱，而奥尔夫写的谱蛮奇特的。他将精力倾注于音乐教育，因此写的乐谱有许多重复的节奏及旋律，而且大量使用特殊拍子；这表现出其音乐的与众不同，听到的节奏与实际乐谱上的标记完全不同。这种特殊拍子让人产生莫名的紧张感，并赋予乐曲一种表情。然而，由于太过另类，别人很难背下他所写的乐谱。

虽然如此，我并不讨厌这种写谱的方式。我自己也会做出同样的事，因此经常觉得，明明是自己写的曲子，却很难把谱背下来。

巴托克（Béla Bartók）[2]所写的乐谱架构非常具有逻辑性，但也因此少了情感诠释的空间。我想如果他生活在现代，应该不太会创作电影配乐。在呈现电影出场人物的感觉、情绪上，他的音乐过于严肃（虽然我非常喜欢巴托克的这种风格）。相反，若是肖邦或拉赫玛尼诺夫等人，一般认为他们一定会对电影配乐产生兴趣，因为他们比较重视的是音乐的情绪性部分，而非整体结构的严谨性。

阅读不同作曲家的乐谱是很好的学习，也能从中获得相当的启发，而这也是古典音乐的优点之一。

1 卡尔·奥尔夫(1895—1982):德国鬼才作曲家及音乐教育家。出版《音乐教程》一书,创办"奥尔夫学院",以独创的音乐教学体系"奥尔夫教学法"闻名。
2 贝拉·巴托克(1881—1945):匈牙利人,20世纪知名钢琴家及作曲家。他是20世纪最伟大的作曲家之一,写作大量以民歌曲调为基础的钢琴曲。

别被『羞耻感』束缚

我很喜欢写实的电视影集等节目,也经常利用DVD看电视剧。这一阵子,我都沉迷于影集《24小时》(*24 Hours*)。我到中国时,发现在日本还未上演的新一季影集,已经有盗版DVD在销售了,我迫不及待想立刻买回来看,但一想到自己身为一名创作者,怎么能够容许盗版,不得已只好放弃。

韩剧《冬季恋歌》风靡日本大街小巷时,我正好在忙,没能够收看,因此买了DVD回来全数看完。就某种意义而言,这部电视剧震撼了我。

无论是剧情的开展，还是配乐的方式，都是非常洒狗血的通俗剧手法，因此在看着、听着的同时，会让我觉得："哇！这么丢脸的事情还真敢做啊！"但是，再仔细思考之后，当自己认为"这种庸俗可耻的事我做不来"，这种想法本身不就是自以为高高在上，用一种轻视的目光鄙视他人吗？"这种事情我做不来"，正是这种想法对自己造成无谓的束缚。

无论是电视剧的情节，还是音乐的旋律，越是通俗，越具有震撼力。创作者过于自命清高，创作的作品缺乏人性，很容易变得乏味。如果世人要的是这类的作品，即使再怎么肤浅庸俗，最好也不惧一切地做到完成为止。这部韩剧让我思考这些事情，成为我反思的题材之一。

宴会上的助兴节目也一样，如果感到害羞、不好意思而扭扭捏捏，放不开来表演，看的人也会感到扫兴、无趣。如果豁出去彻底装疯卖傻，反而不会不好意思。

所谓的羞耻感、不好意思，就是想要好好展现自我的反面，也是对毫无保留地呈现自己的恐惧。脑中如果存在着这种意识，大概就无法做出真正能够令人感到喜悦的作品吧。

敢不敢将杯子说成花瓶

凭借既定概念思考，会让直觉出错。这也是我经常感到困扰的问题。

我属于"跟着感觉走"的那一派，往往凭着感觉决定应该如何创作。越想用合乎逻辑的方式思考，越容易陷入原理主义的思考模式，觉得作曲家、乐曲或公司都得要有特定的一套模式。如此一来，完全无法摆脱画地为牢的观念。

如果一心想着必须遵循特定模式，精神就得不到自由。观察东西时，如果能不受固定概念的束缚，那么即使是看着相同的风景，也说不定能够从中感受更多。

假设眼前有一个杯子，所有人都说那是杯子，但有没有一种想法是："不对，这是一个花瓶。"创作者在观察某样事物时，因为有着与众不同的想法与观点，才会想以绘画或音乐的形式表现。如果只能想出与别人一模一样的创意，根本就称不上是什么特殊的才能。这种人创作出来的音乐，我不会想特意去听。

能够将杯子联想成花瓶并不是件了不起的事。但是，自己是否具备这种创意？即使知道是个杯子，也勇于说它是个花瓶？观察事物时，是否能不受概念限制？想象力够不够丰富？对于创作者而言，这些都是创作的核心部分。

举例来说，作曲的过程中往往会遇到瓶颈。这大概是切入的角度出错的缘故；或在某个步骤上，走偏了方向。这种时候，如果不能转换想法，就会一头钻进死胡同里。即使乐曲已经完成到某种程度，也必须要有断然放弃的心理准备。

但是，人都很固执。创作者花费时间、精力，相信自己的方向正确，才将作品创作出来，因此很难说放弃就放弃。越是想要找出解决之道，越是无法解决。但是，如果某个环节出错而导致方向偏离，仍然放着不管，继续创作，最后完成的只会是方向走偏的作品，根本不可能摇身变成打从心底满意的作品。

发现创作瓶颈或自己的错误时，是否能在当下果断地罢手？让我们能够毫不留恋做出了断的，就是不受到束缚的自由创意。让我们产生果断的决心、毅然决然改变想法的，也是出自直觉的力量。

需要另一个自我的指引

就我个人而言,能否完成各项工作的判断标准也是视时期而定的。依照不同时期的工作状况,我的工作模式也会跟着改变,大致上可以分为"创作期""表现期"以及"思考期"。

进入作曲阶段时,头脑完全进入创作模式。一天 24 个小时,无论在做什么,意识全都放在创作中的乐曲上,很难集中到音乐以外的事情上。因此,对于必须下决定或非得处理的事务,我的判断容易变得迟钝。

巡回演出前与演出时，一定要练习，同时也要管理自己的健康状况。这时我由一名作曲者变为音乐的演奏者，因此又进入不同的工作模式。如果还得自己弹奏钢琴，我会感到更加紧张。更何况巡回演出往往会去世界各地，处于这样的环境之中，很难静下心来思考事情。

像电影配乐这类需要长时间进行的工作还没开始前，只要完成日常的工作，同时还能大量欣赏电影、阅读书籍，由此增广见闻，我的心情会比较悠闲。这时候就能够从宏观的角度掌握事物整体样貌。由于此时脑袋相当清楚，对于累积的若干工作或自己公司的事务，都能靠着直觉——梳理出处理的顺序。

我往年的工作周期往往都是年初比较空闲，接着逐渐进入工作状态，四月左右开始全身心投入到工作之中，接着从夏天一直到年底，就会为了演奏会和作曲的工作而忙得焦头烂额。因此，以每年的工作周期而言，一月至三月的时间，相当于思考期。我在这段时期思考整年的方向规划，思考的重点是"今年要做些什么""要创作出什么类型的音乐"。我将这些思考重点作为排定整个年度计划的基准，到了创作期，就依照整个年度该完成的所有事项分配工作的步调，并且视自己的状况去逐步完成工作。

整个过程中，我尽力保持"另一个自我"，让自己能够客观地监督自己。"另一个自我"就如同第三者一般思考。在我的构想之中,"另一个自我"不会受个别场合的状况影响而对事物做出主观判断,反而能够凭着第三者冷静的视线,从客观的角度提供建议。若能有"另一个自我"指引、管理自己,会是一个很棒的状态。

第一印象绝对正确
『三明治理论』

第三者的思考能够从非主观的角度冷静判断事物，也就是将感情之类的因素全数摒除，并对事物做出观察及判断。第三者的思考如果能发挥作用，也就不太会误判人、事、物的本质。我一直认为，凭着第一印象就一定能掌握人的本质。

举个经常遇到的情形为例。

假设遇到一个素未谋面的人，当时对他的第一印象是："这个人好像很轻浮，爱耍嘴皮子，感觉似乎不能信赖……"但是，认识一段时间后，自己的观感产生改变，于是修正了第一印象，对他重新做出评价："不对，他好像不是那种人。没想到他的想法务实，而且做起事来有板有眼，或许个性也不是那么随便吧！"大部分人以为如此就能看清这个人的真面目。

但是，认识的时间再久一点，只要看看这个人被逼到绝境时的表现，肯定马上会让人再回想起第一印象。大部分情况是，最后往往还是认为："什么嘛！到了紧要关头，果然还是靠不住。"

我将此论点称为"三明治理论"。所谓的三明治，得要将面包和馅料一起吃掉，方能品尝出整体的美味。观察他人的时候，也可以想象是在吃三明治。刚开始只吃面包的部分，觉得不怎么好吃；接着再吃中间的馅料时，即使觉得比较美味，仍未掌握三明治的本质。夹在中间的奶酪、鸡肉、火腿或蔬菜，原本都可以单独食用，但是如果没有两侧的面包夹住，就不能算是三明治。仅由面包或馅料来评断三明治的味道，不能算是概观三明治整体后所得出的见解。

因此，单吃面包，或单吃馅料，即只看到一部分，就主观做出各种判断，根本谈不上是冷静地观察过这个人。

不光是人，套用在事物或现象上，也会出现同样的情况。

举例来说，假设有一部电视剧的配乐工作找上门，在大略读过剧本的瞬间,第一印象认为:"完全不懂这个剧本想表达什么,主题太模糊了。"但是,听过导演讲解,回头重新仔细阅读后,觉得内容似乎还蛮严谨。看过了影像,经过数次的讨论,也勉强说服自己全身心地创作配乐。

一开始给人这种印象的电视剧播出后,整体的焦点果然还是模糊不清。最初感受到的印象一点也没有错。

尽管如此,也不能因为第一印象如此,就拒接这份工作。即使刚开始有些别扭,还是得和别人来往,将全副心力放到工作上。重点是要找出这部电视剧的优点。任何东西都有优缺点,人生会有走运的时刻,也有失意的一天。做出决定,让自己不会感到后悔,这才是要紧的事。

直觉的力量能招来幸运

英文有个单词"serendipity",意指毫无预期的幸运突然降临。

我非常重视"偶然的相遇",因为我认为没有所谓完全不变的自己。个人的力量并非绝对。在创作过程中受到各种因素影响,个人的力量不过是在创作中稍稍浮现的"自我风格"。

如果说直觉的力量是借助一条名为创意的线,串起内在的经验与灵感,那么也是直觉的力量将带来的幸运的东西送到我们面前。让直觉能力更为敏锐,就更容易接纳、感受存在于周遭的事物。

在日常细微的概念层次中,我很期待这种偶然的相遇,并且经常将这种相遇活用在工作中。

早上要出门时,假设家里的收音机正好播放安东尼·德沃夏克(Antonin Dvořák)[1]的《自新世界》(*From the New World*)交响曲,听到第二乐章开始时的沉重低音,脑中忽然闪过一种想法:"啊!试着用低音看看!"当然不是一听到这首曲子,就想要创作出类似的作品,而是脑中想到:"好久没有尝试用铜管乐器吹奏最低音的部分了,试试看吧!"借助这种幸运的相遇,我得到了启示。

我是按照逻辑思考编写音乐主体,但对于细枝末节的部分,我会试着加上自己不同时刻感受到的东西,例如气氛之类。有时也会立刻加到当天录制的作品之中。

韩国电影《欢迎来到东莫村》(朴光铉导演,2005年上映,2006年秋季于日本公开放映)在韩国吸引了超过800万人次观赏,是部极为卖座的作品。制作这部电影的配乐时,虽然舞台背景是在韩国,场景又设定在冬天,但我却使用了冲绳音乐。一部分原因是为了表现出不可思议的世界观,所以我想营造出冲突感,但更直接的理由是因为录音的地点就在冲绳。一走到户外,某处就会传来三弦琴的乐音,在这样的环境下作曲、录音,我才选用冲绳音乐,理由相当简单。

有人或许会觉得,什么嘛,太随便了吧!但是,将不同时期偶遇的事物吸收变成自己的内在,是非常重要的。我生活在充满各种音乐的环境,如果某件事物突然引起我的注意,并让我产生兴趣,代表这件事物触动了我的内心。我认为这种触动就是所谓的直觉。

即使生活相当平凡,与音乐完全没有交集,也要重视这种感觉。不经意映入眼帘的东西、传入耳中的声音、飘散过来的香气、与人交谈时感到讶异的话题等等,最好将这些东西视为直觉反应而生的产物。这种想法往往会成为一种契机,拓展出意料之外的未来。

尽管有重要的事物在正确的时机碰巧送上门来,并且触动自己的心弦,如果不懂得珍惜、活用,这样的人不管遇到什么样的东西,也是随便看过就算了。这就是毫无感受能力的人。

---

1 安东尼·德沃夏克(1841—1904):捷克作曲家,19世纪世界重要作曲家之一,《e小调第九交响曲"自新世界"》是他享誉世界的代表作。

直觉的连锁反应

先前曾经提到,我在一场偶然去听的音乐会上,由于听到《圣母颂》而获得启发,这也算是一种幸运的相遇。

2006年夏天我们举行了一场音乐会《仲夏夜之噩梦》。这是我与新日本爱乐交响乐团携手合作,从2004年开始策划,并以世界梦幻交响乐团为名所举办的音乐会。希望能够借助打破古典、流行或电影配乐之类的形式藩篱,让更多的人愿意亲近音乐。

这次音乐会的主题是恐怖音乐。其实两

年前的夏天，我就想举办一场恐怖音乐的音乐会。这个主意是我在看恐怖电影时想到的。

恐怖电影如果只是运用平常的有旋律、有节奏的配乐，就无法营造出恐怖的气氛。利用不协和音的堆砌，例如锵锵或铿铿铿，就成为一首散发恐怖气氛的音乐。创作这类音乐需要古典音乐的深厚作曲功力，流行音乐反倒派不上用场。在看恐怖音乐的乐谱时，出乎意料地发现有许多曲子的谱都是很好、很严谨的作品。我就是想要搜集这类乐曲，并试着以交响乐演奏看看。一提到恐怖故事，会让人联想到夏天，因此我仿照莎士比亚的作品《仲夏夜之梦》，将演奏会取名为"仲夏夜之噩梦"。如此一来，整个构想就完成了。接着花了两年筹备时间，总算在2006年8月正式登场。

但是，光是演奏一首又一首的恐怖音乐或心灵音乐，感觉会很乏味。就整体架构而言，我希望最后能有一首象征重大救赎的曲目。这个想法一直搁在脑海中的某处，结果突然就让我听到《圣母颂》这首曲子，如同是上天降下的启示一般，我瞬间清楚整个音乐会该如何编排了。我想这也可以称为顿然开悟的瞬间吧。

新日本爱乐交响乐团排定的演出日期是8月13日，那天正巧是盂兰盆节的头一天，也就是点起迎魂火迎接先人回家的日子。一年之中，这天是与另一个世界来往最为密切的日子，出现这种巧合真是不可思议。把西洋音乐与日本传统习俗混为一谈，或许有点可笑，但是世界梦幻交响乐团就是为了打破音乐的疆界而成立的，即使混杂各种感觉也无所谓。

从直觉中诞生出的想法，而想法又会与某个不知名的事物产生关联，环环相扣，工作渐渐变得非常有趣。我想这就是直觉产生的连锁反应。

有短板的团体，也可以凝成一体

我曾听到一名歌舞伎的女形[1]表示："我非常讨厌蠢笨的人，愚蠢可是会传染的啊！"这真是一句名言。

自己所处的环境如果不完善，容易导致自己的水平逐渐下滑。

足球就是个很好的例子。假设站在球场上的11名球员全都具备国际水平，唯独其中一人是全队的致命弱点，就算排好了阵形，但这名球员的守备位置成了破绽，不断遭受对手攻击，其他球员都得过来帮忙掩护，结果导致全队的阵形瓦解。

弦乐四重奏也有着相同的情形。即使加入一名实力很强的国际级演奏者,但只要团队里有人实力太差,为了配合整体水平,这名演奏者的水平就会降低。无论是演奏会或公司的情形都是如此。即使公司拥有非常能干的员工,部门中只要有一个一无是处的家伙,必然会拖垮整个公司的水平。

据说在蚂蚁的团体之中,也会有辛勤工作和几乎完全不工作的蚂蚁,但就算剔除懒惰者,只留下辛勤工作的蚂蚁重新组成一个团体,还是会出现不工作的蚂蚁。所谓的组织或团体就是这么一回事。如果淘汰不做事的家伙,情形是否会变好?答案是不会。这个问题并不容易解决。

解决之道,唯有让实力不足的人提升自己的水平。

交响乐是由百名以上的演奏者进行演奏,即使这群人再怎么优秀,还是有可能会出错。整晚的音乐会中,100名演奏者完全不出错的可能性是零,包含担任指挥的我在内,仍会犯下某些错误。错误难以避免,关键在于如何处理犯下的错误。

一流交响乐团犯的错误并不明显。即使出错,也不会因此受到影响;更不可能犯下破坏整场音乐会的致命错误。

而且,他们不会要求零失误,反而要求立即承认所犯的错误,并在当时重新调整好心情。以我的情形来说,振作精神的方法是靠着自己的信念与气魄，我深信一点点的小错还不足以破坏我的音乐会。

我不是一名专业指挥家，因此无权过问交响乐团的做法。但对于一件事情，我始终谨记在心。上台指挥时，我希望尽可能掌握每一个人的情绪，让全员发挥所有实力。如果乐团能够凝聚成一体，有着共同呈现出一场好的音乐会的状态，就会产生团结的意识。下一次还是由我指挥时，我希望所有人都能开心地接受我的指挥，全团的士气都很高涨。这就是我想与乐团相互建立的关系。

只要有一个实力不足的成员存在，团体的水平就会下降。但是，战胜这个问题的力量也存在于人所构成的团体之中。

1 女形：专职扮演女角的男演员。

失败的原因一定在自己身上

我曾经有过一次经验,制作一张收录10首曲子的专辑时,我飞快地完成了9首,但有一首总是写不出来。我大概花了6天时间完成了9首,但在接下来的一个月里,一首曲子也写不出来,而且这还是主打的曲子。现在回想起来,仍感到余悸犹存。到头来,这项工作也无法让我自己感到满意。

只要是人,就会有失败的时候,而失败的原因一定在自己身上。无论遇到何种情况都无法做好时,或许是因为心里的骄傲感在作祟，或许是漏掉某个重要的部分。只要重新检视自己，就能找出无法做好的原因。

我总是在事后才察觉到："当时自己草率敷衍，原本认为没有关系，所以失败应该是自己的责任。"失败的原因并非旁人提出了蛮不讲理的要求，而是要归究到自己身上。因此，解决问题的方法也得从自己身上找寻。

我那时没有明确掌握整张专辑的核心，还任由这个问题无止境地拖延下去，这就是我失败的最主要原因。自此之后，我在工作上都是先掌握核心部分，从最重要的地方开始着手。

我曾经听人问道，刺绣应该从何处开始绣起？据说如果是绣花卉图样，就要从花瓣的中心开始，如此才能避免图案的核心歪掉。绘画也应该是如此吧。

一张专辑总共收录10首乐曲，当然每一首都很重要，我们一定会希望每一首都有人听。不过其中总会有一首是特别希望让听众听到的曲子，是最想推荐给大家的，也因为这首曲子，才想要发行整张专辑。如果明确界定出这首曲子，整张专辑收录的其他乐曲的定位也会随之明确。就结果而言，每一首乐曲全都因此有了生命。

我现在作曲时，采取的做法并不是将前一首彻底完成才换下一首，而是把一首曲子的轮廓大致定调后，就先放到一边,接着换做下一首。按照这种做法,先大致完成专辑要收录的全部乐曲,或电影配乐需要的所有曲子。接下来,大概能够掌握整体的状况后,再从头一一重新检视。我将这项作业的过程分成好几个阶段反复进行,大概分法为初期阶段、中期阶段、后期阶段以及最终阶段。对于整体构成的考虑越是周详,修改掉一首曲子的某个部分,连带着也需要修改其他的曲子。这项作业就如同鱼群洄游一般,是周而复始地重复检视、修改的工作。

这种做法的优点是比起一首首个别完成的方式,更能让人体会到整体风格的均衡。每隔一段时间就回头检视几次,能让专辑想要传达的焦点逐渐清楚。这种做法的缺点在于为了顾及整体概念,需要拿掉特别突出的曲子特色,或为了让乐曲更符合商业所需的理性,使得作品最初拥有的空前趣味性逐渐消失。

之后的工作是要判断舍弃哪个部分。

即使拥有无尽的时间,也不见得就能做出好的作品。对于从事创作的人而言,有时间限制反而是值得高兴的事。随着经验的累积,不管事情好坏,人会变得考虑很多,做出决定的速度就会变慢。何时需要果断干脆地放手?利用期限这种形式来设定放弃的时机,可以说是一种方便的做法。

锻炼知性才能拓展人生宽度

大量累积经验是很重要的，但经验有时也会让人变得胆怯。依赖过去的经验，回想当初遇到的情形，往往令人无法如实看清眼前的现实。

想要挑战新的事物时，就会有人以自己的经验来大泼冷水。经验并没有为这个人带来益处，反而阻碍其进步。

过去失败的原因是什么？这次应该如何避免相同的情形发生？如果可以将这些问题实际运用在工作上，就是所谓的活用经验。

据说人的年纪越大，经验知识越丰富，但这是一则谎言。不管是经验还是知识，如果无法加以活用，就完全没有意义。如果是让自己变得狭隘的经验，倒不如越少越好。

我觉得另一个观点也不尽正确。常常会听到人说"最好吃点苦……"，但我认为，最好能够不要吃苦。

把吃苦讲得很伟大的人，通常都是在炫耀自己的辛苦。例如，小时候多穷，连学校也没得上，自己做过很多辛苦事……结果只是在炫耀自己当初多么辛苦，要付出多少努力，才能有今天的成就。从他的角度来看，这些往事大概就是其人生的全部吧；但是对于旁人而言，这些话一点儿也不有趣，而且毫无帮助。

没有所谓轻松的人生，每个人总有些不为人知的苦处，因此不需要再去自寻辛苦。以吃苦为自豪的人，欠缺了冷静审视自己的第三者思考，也没有客观观察的能力，他甚至无法感受知性。

一般的辛苦无法增广人生的宽度。想要拓展人生宽度，需要锻炼自己的知性，并且经历真正的困苦的检验。

3

影像与音乐共存

用影音靠近真实
《那年夏天，宁静的海》

北野武导演原本就是一个相当安静、少话的人，起码我是如此认为。

北野导演首次请我制作电影配乐是在拍摄《那年夏天，宁静的海》（1991）时，在此之前我们从未见过面，我不清楚自己为何能够雀屏中选。与导演初次见面，我对他在电视上说话像机关枪般的印象完全改观。

拿到剧本后，剧本的页数少得令我惊讶。看完试片后，我仍觉得电影里的对话非常少，也许与这部电影是聋哑人士的故事有关系。整部电影中沉默的空当很多，我原以为是内容的缘故，后来才知道这是北野导演的拍摄风格。

看完试片后，导演对我说的话也让我印象深刻。

"通常不是有些地方一定得配上音乐吗？把这些配乐通通拿掉。"

电影相关从业人员大概都知道哪些地方要配上音乐，北野导演却打算背道而驰。我还是第一次遇到提出这种要求的导演，通常导演都会想借助配乐，让电影情节更戏剧化。

看起来虽然理所当然，但电影除了纪录片之外，其他全都是虚构的作品。而在虚构的世界中，往往会出现过多的说明。

例如，银幕上出现一对男女，任何人看了都知道他们是情侣关系，但导演还要两人相互凝视，再加上一句"我喜欢你"的台词，同时播放着甜美的旋律当作背景音乐。近期的电视剧几乎都是如此拍摄，甚至还嫌这样表现不够，需要在旁白或字幕上补上一句："他们彼此爱着。"烦不烦啊！

即使是在电影之中，也存在着许多过度的说明。

北野导演认为这种拍摄方式有些乏味、令人生厌。对此，我深有同感。

导演拍电影时，若想要表现处于恋爱关系的两人，只要取两人相互依偎的情景即可。若要呈现寂寞的画面就让主角孤单一人，完全不加任何台词，也不勉强演员表现出不自然的神情。北野导演执导的方针是，若是演员演得做作，不如什么都不做，只是站着，这样才能留给观众想象的空间。

北野导演彻底地贯彻着这种态度，在电影界独树一帜。一直以来，没有人有勇气采取这种拍摄手法，但北野导演办到了，而且影响了全世界。事实上，这些日子与我合作的亚洲电影导演显然就曾受北野导演的影响。这真是一件了不起的事。我认为北野武毫无疑问是日本最能向世界夸耀的电影导演之一。

电影会如实地呈现出导演的性格，而我认为北野导演的性格就是完全不在意沉默。即使是一起待在片场的时候，他也真的少与人闲聊。

"导演，好久不见。"

"好久不见。"

……

"那一段演得不错吧？"

"嗯，不错。"

……

"就按这种感觉设计配乐好了。"

"是啊。"

……

"那么,要走了吗?"

单单这几句话,大约花了15分钟。一般在彼此无言的情况下,会让人想开口说些什么,比如"今天天气真好啊""最近过得如何"之类的,用这些无关紧要的话来打破沉默,难道这就是所谓的王者风范吗?

我觉得北野导演的电影呈现出的就是一种不畏惧沉默的坚强。

黑泽明电影的配乐一
用音乐辅助叙事

影像背后流泄而出的配乐原本就是不自然的东西。

与恋人依依不舍分别时,传来的是平静的音乐;交通工具加速开始疾驶时,响起的是有速度感的音乐;华丽的格斗场面就搭配豪放有力的曲子。这种事情在现实生活中根本不可能发生,类似这种为了带起电影气氛的配乐被称为"戏外音乐"(extradiegetic music)。

如果希望以合乎现实的形式拍摄,电影里几乎不会再配上音乐,只能听到咖啡店或餐厅背景音乐所播放的古典乐、在商店街店家门口传出来的歌谣以及出场演员自弹或自唱的声音。这类自然流出的音乐被称为"戏内音乐"(intradiegetic music)。仅有"戏内音乐"时,完全不会有不自然的感觉。

所谓的电影配乐乃是"戏外音乐"与"戏内音乐"的统称,但大多是指前者。相反,后者往往被视为音效。现实中不可能出现的音乐,如何呈现才能让人不会觉得虚假、不协调?针对这个问题,作曲者往往要费尽心思。

虽然电影配乐必须避免不自然,但也不表示只要制作出忠实反映影像内容的音乐就好了。

我并不喜欢太过制式化的做法,比如哭戏就用悲伤的曲子,或浪漫的场面就得搭配甜美的音乐。这种做法代表音乐只是依赖、附属于影像的产物而已。我不希望音乐只是原封不动地仿效画面,我认为音乐绝不能沦为影像的附属品。

在我看来,黑泽明执导的电影《野良犬》(1949)就是一部很棒的片子,此片的配乐手法非常高明。

第二次世界大战后的混乱年代,街头依旧可见黑市交易。年轻刑警(三船敏郎饰)的佩枪被偷,失枪被用来犯下一起抢劫杀人案件。刑警陷入困境之中,千方百计地设法要揪出犯人。办案过程中,陪同搜索的资深刑警(志村乔饰)遭犯人枪杀,于是三船饰演的刑警拼命追捕犯人,最后在郊外的草丛中,两人全身泥泞地扭打在一起。

这场高潮戏出现的同时,附近屋里传来了某位主妇弹奏钢琴的声音,弹奏的曲子是弗瑞德里希·库劳(Friedrich Kuhlau)[1]的小奏鸣曲,这是一首相当有名的钢琴练习曲。

一边是刑警,另一边是杀人犯,两人都是战后退伍回来的军人,虽然彼此立场对立,两人的命运也仅是一线之隔。另一个场景中,在战后不久的那个年代,能在郊外拥有一栋房屋,而且还有钢琴,从这种情况推断,这应该是有一定经济基础的中产阶级。一边是无奈地看着战争改变自己的命运的年轻人,另一边是安逸享受和平幸福生活的主妇,两者又呈现出另外一种对比。通过主妇弹奏的形式,让画面传出钢琴的乐音,借此告诉观众,年轻刑警与犯人同样都是战争的牺牲者。经由戏内叙述的手法,自然地使用配乐,同时用层层堆砌的方式表现出现实。因此,如果以动作片中令人震撼的音乐搭配扭打的场面,绝对无法呈现出这种深度。就电影配乐应该具备的样式而言,我认为这部电影的做法相当高明。

根据电影的状况巧妙使用配乐,电影本身就会如同上述的例子一样,变成富有深度和内容的作品。

---

[1] 弗瑞德里希·库劳(1786—1832):德国作曲家,尤以钢琴及长笛的曲子居多,单眼失明。

黑泽明电影的配乐二
用音乐唤起想象

悲情戏理所当然地配上伤感的音乐，开心的场景就搭配明快的乐曲。除了这种方式之外，还有另一种手法是利用风格迥异的音乐凸显场景，这种方法称为"对位法"。《野良犬》的配乐正是对位法的典型例子。我比较喜欢这种配乐方式。

假设在一幕场景中，女主角想起命中注定无法厮守的那个人，此时如果搭配富有旋律性的音乐，感觉像是在催促观众"来吧，哭吧"，倒不如运用压抑住情感的冷漠音乐，更能呈现女主角在此场景中的深度与知性，而这样的作品也比较能够贴近观众的内心。

配乐能够进一步增添场景中的气氛。日文"气氛"一词的词义模糊不清，指的是现场散发出的感觉，犹如阴影一般变化不定。电影里的世界理应能借助影像展现，但通过配乐后，更能烘托出演员的演技、深层的心情，甚至是导演对于整部电影的想法。

若要让不同的人获得不一样的感受，作品就不能完全侧重于创作者自身的感情。过度传达自我意识形态的音乐会限制住听众的想象，无法引人产生更多的情感。作曲者当然得拿出全力，但并不表示创作者可以任意将自己的想法强加于人。

没有认真思考音乐所扮演的角色，而任意用来搭配电影，会让整部电影变得低俗。反过来说，若是能巧妙运用音乐，甚至可呈现出影像无法完全表现的事物。因此，我认为影像与音乐最好能保持对等的立场，彼此相辅相成。

但是，电影配乐并不是用来让作曲家表现自己想要的创作，因此在电影配乐中，不允许作曲家过度强调自己音乐上的主张。无论如何，电影配乐是为了衬托电影影像的呈现而存在，与影像共存才是电影配乐应追寻的目标。

我对于电影的基本看法有两种：一种是娱乐性质的电

影，另一种是令人头疼的艺术电影，想要折中两者是行不通的。顺便说一句，我活跃的舞台乃是前者。虽然说是娱乐性质的电影，但观众看完后走出电影院时，如果只是感觉这部电影很有趣，并没有得到任何一丝的感动，那就太可悲了。"我对某一幕很有感觉""这部片子会让人思考人生"，我希望电影能够带给观众这类的感受，即使只有一点点的感动也可以。

宫崎导演曾经说过："（看完这部电影后）最好让一楼入场的人，能够感觉自己是从二楼出场。"对于这句话，我深有同感。我期盼观众从电影中能够获得某些有益的感悟，无论是勇气也好，或一则启发也罢。我希望自己参与制作的电影能具备这种价值。

因此，电影的配乐也应该是能活化观众脑细胞的作品才对。能够带给观众想象空间的电影配乐，才是我想要创作的东西。

电影配乐的创作流程

以下介绍我自己在制作电影配乐时的大致流程。

① 接到委托,首先阅读脚本或分镜表,了解整部电影想要呈现的内容。

② 观看原始胶片(未经剪辑的影像素材),抓住电影要呈现的意象。此时,我也会去观察导演运用镜头的速度。

③ 开会讨论音乐方向,听取导演的构想。事实上,此时导演满脑子都在想着拍摄的事,对于配乐很少会提具体意见。

④ 阅读资料，或者利用获得的印象作联想，借此构思乐曲，主要是围绕电影主题加深印象。构想出来的音色决定整体配乐的调性。

⑤ 观看全片试映（剪辑完成的试片）。在此时才开始做具体的"音乐协商"，决定整部电影需要几首配乐，或加入配乐的场景分别在几分几秒等事项。在这个阶段，配乐的主题已经定下来了，让导演听过试听带后，如果导演觉得基本轮廓没问题，之后就可以继续进行。若是无法与导演达成共识，就得再寻找新的方向。

⑥ 开始作曲工作。延迟拍摄日期似乎是理所当然的事，但是定好的公开上映日期一般不会往后改动。因此，如果摄影、编辑的步骤一耽搁，造成全片无法试映时，往往还是得要进行作曲。作曲完成才被要求更改方向的情形偶尔也会发生。

⑦ 录制。使用计算机或合成器录制时，都是与工作人员关在录音室里录音。如果要用到乐手或交响乐团，就必须做好各项安排，比如寻找人选、调整录音日期、决定录音场所、写谱等等。

⑧ 混音。调整各乐器的音色及音量，做最后的音乐修整。混音完成后，配乐制作的工作大致就完成了。

我的工作流程大致如同上述。

无论作曲多少次,我从未觉得某次的工作很轻松就能解决。每次的作曲工作都是在挑战自我的极限。

从整体协调的角度规划配乐

一部电影的配乐乐曲平均有 20 首至 30 首。宫崎导演的动画电影由于播映时间长的缘故，乐曲的数目较多；大林宣彦的电影则很难找出没有配乐的地方；也有如北野导演的例子，一部电影大约只有 10 首配乐。不过，若是北野导演的电影中，每首配乐使用的时间很长，那么整体加总之后，配乐的时间并不算短。

两个小时左右的电影实际需要搭配多长的音乐？最短的作品是 40 分钟左右，最长的则从头用到尾。

放入配乐固然要紧,但决定何处该拿掉配乐也很重要。尤其是内容严肃的故事,放入过多的配乐并不见得好,会造成影像不真实,因此也得有意识地决定如何减少配乐。

最近有部华语电影《姨妈的后现代生活》(许鞍华导演,2006年于中国上映),内容描述一位女性步入老年后的日常生活,剧情非常写实。如果姨妈一旦与邻居吵架、一旦做了什么,配乐放的却是旋律优美的乐曲,根本就无法凸显出严酷的现实。为了呈现整部电影的严肃性,导演尽可能地拿掉了不需要的配乐。

简而言之,配乐并不只是什么样的场景就配上特定感觉的乐曲,绝非由一幕幕场景来决定搭配的音乐。如果是两个小时的电影,就得思考如何才能架构出两个小时的配乐。如果想要拓展影像世界的宽度与深度,就得规划如何利用配乐建构出一种世界观。

基本上,构成配乐的核心部分仍旧是整部电影的主题,而配乐的世界观则决定在音调与旋律上。

一般情况下,开始作曲时,已经大致先想好音调,接着才开始构思旋律。然而,实际创作时往往会与原先的设想有所出入。我原先打算以电吉他录音,最后却换成了粗管短号。因此,实际操作中在制作电影主题的旋律线时,同时又要进行选定音乐的工作。在此过程中，还得思考电影整体的构造，因此大脑处于一片混乱的状态。

电影的主题曲并非只有单独一首，而是由多首歌曲交织而成；不但必须写出几首副主题曲，同时还需要有用在特殊状况的配乐；如此便逐渐组成电影的主题曲，仿佛是在创作交响乐曲一般。

随着主题曲的编排方式不同，整体配乐的平衡也会产生改变。

例如，若以交响乐呈现电影配乐主题时，通过编曲能让同样的旋律表现出各式各样的风貌。编曲不仅能用在想要制造气氛的效果时，也能在一片静谧之中，借助小提琴的独奏，让配乐朗朗响起。

但是，利用民族乐器呈现主题时，则最好不要过度频繁使用这种方式。民族乐器的声音能够给人强烈的冲击，因此在重点时刻使用效果比较显著。针对构成配乐核心的主题，该采取何种使用方式，往往也受到乐器音色所左右。

电影配乐的制作工作绝大部分都需要凭借理智进行。

一首旋律连贯全片
《哈尔的移动城堡》

一般而言，最重要的主题曲出现的地方并不是很多。然而，在《哈尔的移动城堡》的33首配乐中，虽然每一首都经过编排，仍出现了18首主题曲。

这是宫崎导演的意思。但讨论这部电影的配乐时，宫崎导演对我提出一项新的要求："我想以一首主题曲连贯整部片子。"

导演在印象专辑（image album）《哈尔的移动城堡交响组曲》完成后，才提出这项要求。

《哈尔的移动城堡交响组曲》请来知名的捷克爱乐管弦乐团担任演奏，并在伦敦的艾比路录音室进行混音工程（最后的音乐修整），这是当年因甲壳虫乐队录制专辑而声名远播的录音室。不仅如此，录音师还是原本担任我的助理录音师的西蒙·罗兹（Simon Rhodes），他自己闯出名号之后，现在正在帮约翰·威廉姆斯（John Williams）录制《哈利·波特》的配乐。尽管有着如此豪华的阵容，宫崎导演仍然提出新的要求，让我的自信心稍微受到打击。

两个小时的时间就以一首主题曲连贯？这可是相当大的冒险。作曲时，让主题曲本身可以听起来悲伤，也可以听起来喜悦，然后再将主题曲做出各种变奏。的确是有这种做法没错，但变奏的曲子最好不超过整体配乐的三分之一。

电影中，苏菲的年龄一下子由 18 岁变成 90 岁，这是宫崎导演最在意的一点。人在转眼间变老，而且随着场面变换，容貌会产生微妙的变化，一下子年轻，一下子又变老。宫崎导演清楚地指出，为了让观众从头至尾都能感受到这种变化，就像苏菲始终保持着自己的心意一样，希望音乐也能有一贯性。在《哈尔的移动城堡交响组曲》里，已录好了苏菲的主题曲……但我感到相当的泄气。

然而，我只是负责配乐工作，即使参与制作一部电影的时间再长，顶多也是半年至一年。但是，如果导演从策划阶段就开始参与的话，再怎么短也有两年或三年的时间。如果是宫崎导演的话，想必构思这部电影已经长达四五年（以想法成形的那一刻算起，甚至可能长达了 10 至 20 年）。最了解整部电影的人非导演莫属。除了对导演表示尊敬之外，同时也是出于信赖，我认为应该在自己最大限度内，尊重导演的要求。这就是我对于电影配乐的基本态度。

因此，虽然感到泄气，也要让自己打起精神，重新创造一首用来连贯全片主题的旋律。

与导演的这次对谈是在 2003 年 11 月。来年 2 月，我带着 3 首写好的候选曲，出发前往宫崎导演的工作室。一直以来都是让导演听试听带，但是这次我决定亲自以钢琴弹奏，直觉告诉我这种呈现形式的效果会比较好。

在宫崎导演的工作室"豚屋"里，包括宫崎导演在内，制作人铃木敏夫、音乐总监稻城先生都已经在那里等候。我的心情相当紧张，而且宫崎导演甚至煞有其事地将椅子搬到钢琴旁边，我很担心自己心跳的声音会被他听见。

于是，我首先弹奏第一首曲子。弹完后，宫崎导演用力地点头微笑，铃木先生也像是还可以接受的样子，我松了一口气。趁着这个气势，我更改了弹奏乐曲的顺序，先弹了原本排定在第三首的曲子。

"嗯……顺序或许稍微有些不同，但我也做了这样的曲子。"

我连与宫崎导演互看的勇气都没有,直接对着钢琴的琴键就弹了起来。

这首华尔兹的难度不是很高,但我却在弹奏的中途卡住而停了下来,当时的心情如同是考生一般。在极为紧张的状态下弹完后,制作人铃木敏夫将整个身子往前倾,两眼炯炯发光地说:"久石老弟,这首有意思!嘿,宫崎导演,蛮有趣的吧?"宫崎导演一副难以判断的样子,笑着回答说:"这个嘛……"导演下一秒钟马上对我说:"可以再演奏一次吗?"这时候,导演眼里已经收起了笑意。

第二次演奏结束时,两人同时开口:

"好!这首好!"

"与以往的都不一样,这样的曲子。"

之后,我又被要求弹奏这首曲子好几次。虽然这几个月来过得水深火热,但所有的痛苦在这一瞬间都变成完美的结局,一点儿也不觉得辛苦了。

迄今为止,我为宫崎导演制作过好几部电影的配乐。我知道只要有一次做得乏味无趣,下次就再也没有合作的机会。接工作时,我都是抱着这种没有退路的心情,每次皆全力以赴。辛苦归辛苦,但这份无与伦比的喜悦让所有的付出不会白费。

配乐围绕主题还是人物?

约翰·威廉姆斯为《星球大战》创作的配乐,清一色采用交响乐,谱出的曲子也非常棒,我认为这是可以提高电影格调的好音乐。

这部电影的配乐具有代表性的部分在于利用音乐清楚区分不同的角色。黑武士出场时,必定会播放音色低沉的黑武士主题曲;绝地武士活跃的场景出现时,就会伴随着绝地武士的主题曲。只要一听到音乐,立刻就能分辨出这场戏的主角是谁。

这种依照人物角色搭配音乐的方式经常

出现在好莱坞的娱乐大片中，尤其是在动作片，或大量运用动画构成的电影里，都能看到这样的配乐风格。也因为如此，整部电影从头到尾都是配乐，而且音乐的结构单纯明快。好莱坞的电影将市场锁定在全球，简单易懂是制作电影的重要元素。但是，这种方式往往让观众的想象空间受到限制。

这样的配乐方式对电影本身有些过度说明。我一不小心就会说出这种话，实在是很糟糕。我过去也曾说过："好莱坞式的做法太过单纯，我并不喜欢。"导致我丢掉好几部好莱坞电影的配乐工作。虽然，我得注意一下自己的发言，但事实就是如此。

在欧洲的电影里，看不到这样的做法。就算是在好莱坞，制作主题严肃的电影时，也不会采用这种配乐方式。

有时视情况所需，我也会依人物角色量身定制配乐。例如，配制香港电影《情癫大圣》（刘镇伟导演，2005年上映）时，由于这是一部改编自《西游记》的娱乐片，片中又大量运用计算机绘图特效，宛如好莱坞电影的亚洲版，因此我特别为人物角色量身定做配乐。而且，这部影片明显以"爱"作为全片主题，所以我将整部电影的音乐设计成爱情故事的感觉。

制作配乐时，我还是希望将焦点放在全片的主题，也就是导演想通过整部电影所传达的东西。

电影是层层交织而成的作品，这点不需要我再多说。假设导演想传达的主题是"人生无常"，则主题曲要能呈现这份"无常感"，然后再以能感受到主题的场景为中心，将主题曲的音乐变化搭配。我希望配乐作品是这种以导演的角度构思而成的作品。

剧本的内容通常都是围绕着主角而写出来的，所以主角出场的部分往往会与主题曲出现的地方重叠。虽然有重叠，但两者之间绝不能画上等号。因此，在讨论配乐时，导演曾对我这么说过：

"这个地方要配上主题曲，对吧？可是这一幕主角并没有出现……"

"嗯，因为这首音乐并不是主角的配乐。"

主角的主题曲不见得就会成为整部片的主题曲。就我个人的立场而言，我比较能够认同这种配乐方式。

开场的5分钟决定世界观

我先前提到,电影里拿掉配乐的地方也很重要。但是,该如何判断什么地方不需加上配乐呢?首先,加上配乐会有损题材的严肃性,让整部电影感觉像在造假,或者说明意味太浓,像这样的地方就无须配乐。

其次是考虑整部电影的平衡。例如,电影开始的前5分钟完全没有配乐,整部电影的配乐量原则上就会变少。反之,若开始的5分钟有着大量配乐,之后若是没再多加入配乐,整部电影就会显得比例失调。

也就是说，我认为开场5分钟的编排方式决定整部电影的配乐量多寡。

一直以来，我从未对别人说过这种想法，但是今年1月与宫崎导演聊天时，导演告诉我："电影开头的5分钟就决定了一切啊！"我那时才知道，原来导演与我所见略同。

总而言之，无论什么事情，"关键都在一开始"。

掌握最初的瞬间是重点所在。尽管电影有两个小时，而广告只有15秒，两者在这一点上却是相同的。

时下的广告以15秒的作品为主流。在这15秒内，听得到配乐的时间最多不超过7秒。在这段时间内，必须要让观众感到震撼。这不是件容易的事。

电影作品，一般人通常只会看一次，而广告却是每天都在大量播放。而且，不论视听者是否愿意，只要一打开电视，广告声就会主动传入耳中。在相继播放的众多广告中，必须能够吸引视听者注意，让他们愿意看、愿意听，而且让人百听不厌、百看不厌。这种凝聚瞬间的功夫自有一番辛苦之处，与电影完全不同。

先前曾经提到，人也能够借助第一印象看清一个人的本质。人与人的相遇，最初的时刻就是关键所在。无论是电影还是广告，也是一开始最重要。工作、人生，不也是如此吗？

与他人通力合作，拓展自我更多可能

美国有位创作过许多电影配乐的作曲家汉斯·季默（Hans Zimmer）[1]，他为电影《雨人》所做的配乐受到瞩目后，又陆陆续续帮《狮子王》《角斗士》《最后的武士》《达·芬奇密码》等电影配乐。

我曾在一篇报道中读过他说的一句话："接到电影配乐的工作后，思考要创作什么东西的这段过程是最美的。"对此我感同身受。

读过剧本，决定接下配乐工作时，脑中的想象无拘无束地驰骋，思考着自己想做的是哪一类的作品，或者某种想法似乎很有趣。对一名作曲家而言，这个时刻是最棒的。

在看过原始胶片、与导演讨论过后，虽然可以了解电影的影像有多么精彩，也能对整个主题产生认同感，却也限制了想象的空间。逐渐看清整部电影方向的同时，代表着作曲家能够自由舞动想象翅膀的世界被窄化。

作曲家努力想要做出好音乐。乐曲完成后，交给导演试听，如果导演提出要求，希望照着某个方向做改变，就必须按着导演的想法修改。如此反复，又会让心情稍微低落。

即使心情低落，仍要振作起精神创作乐曲、录制配乐。乐曲完成后，作曲家脑中会响起完成的音乐。但在录音时，乐手所演奏的音乐，是否能与作曲家脑中响起的相同？答案是：两者很难完全相符。乐手的演奏不但无法百分之百再现作曲家脑中的想象，而且还会做出不同的诠释。这会让作曲者感到有些泄气。

最后要将配乐与画面合在一起时，辛苦创作完成的配乐被掩盖在电影台词和音效之后。听着音量被压低的配乐，人的情绪会从最初的兴奋一路往下跌落。

如此说来，对于作曲家而言，电影配乐只是妥协下的产物吗？答案绝非如此。

借助制作电影时人与人的合作关系，可以看见自己未曾想过的方向，展开另一个全新的世界。通过导演的创意能力与精神世界的展现，作曲家也能获得相当多的启发。

因此，独自一人所面对的个人世界，与电影的世界简直有天壤之别。在电影的世界中，自己会尝试平常不会试的方法，并感受到新鲜的惊奇："咦，原来用这种方式能够做出这样的东西呀！"自己的世界会因此而倍加辽阔，变得更为丰富。这就是与人通力合作的好处。

除了电影与广告的配乐工作，我也会写自己想做的曲子，并发行单曲专辑。因为不是由别人指定作品的题材，所以可以随心所欲地创作。如此一来，即使将棒球的规则套用在足球上也无所谓。只要尝试，就有可能做出相当有趣的作品。然而，此时提出构想的是自己，分析构想可不可行、有没有意义的也是自己；实际创作的是自己，判断做好的成品能不能发行的还是自己。虽然会有许多人参与，例如唱片公司的总监、相关宣传人员、音乐出版公司的人等等，但最后做出决定的仍是自己。如此一来，自己的世界容易更加窄化。

与他人通力合作能够培养柔软性，或接纳事物的弹性，比如了解有多种方式的可能性、原来存在着别种看法等等。这些都能够让人感受到自我可能性伸展的乐趣。这是独自工作时所无法体会到的。

以我为例，如果持续不断地做着电影配乐的工作，我会逐渐感到无法满足，想要自由地创作自己想要的音乐。于是，我会做我想做的事，制作自己的专辑，或者举办演奏会。如此一来，我又会想再做电影配乐的工作。结果，通过这两种工作，我才能让自己不偏不倚地维持在创作者的角色上。

---

1 汉斯·季默（1957— ）：出生于德国的音乐家，因制作多部好莱坞电影的配乐而闻名，擅长结合电子合成器与传统乐器。

一名专业人士的自负

电影工作人员可以说是专业人士的大集合，无论是摄影、灯光、美术，还是服装、剪辑等等，迄今为止全都是一些从事专业工作的人。只有是该领域的专家才能了解这些知识与经验。然而，若每个人都本着各自专业的角度提出意见，表示应该怎么做比较好时，若导演通盘接受，就无法拍出一部结构完整的电影。

在整个策划中，导演是掌握全局、下达最终决定的人，是君临一切的绝对人物，能够集结所有人的力量，朝着同一个方向前进。电影导演是凝聚专业人士团队的统合者，是率领这支队伍的领袖。

电影导演比任何人都了解整部电影，其所处的位置使他能够纵观全局，因此每位工作人员所做的工作，似乎都是遵照导演的意思来做的。

但是，只会按照上司指示办事的人，会被视为优秀的部下吗？依指示工作的部下，虽然合作起来很顺利，却也显得乏味。有时，稍微喜欢作怪的任性下属反而比较可爱，具有发展潜力。上司只要将一份工作完全交由你负责，心里就希望你提出的想法能够让他赞赏。把工作交给你与吩咐小孩子跑腿不同，如果只是照着指示工作，就显得能力不足。

同样的道理可说明，遵从导演的意思虽然重要，但绝不能只是写出导演想要的东西就好。导演有一个想法，提出想要某种类型的音乐时，从各种专业的立场，让导演不明确的想法逐渐成形，这是我们的任务。身为一名音乐专家，我所做出来的配乐会适合导演竭尽全力拍摄出来的电影，同时又能令导演感到新鲜。导演会想遇到超乎自己想象的作品，品尝未曾有过的感动。因此，在呈现导演构思出来的世界时，还要更进一步，努力提供比导演的想象范围更加辽阔的作品。我希望自己能够达到这种水平。

但是，才能充沛的人如同猛药一般，虽然有着强大的正面影响力，却也有毒。如果服用方式有误，就会致命。与这群专业人士合作时，若想不落人后，就得具备相应的觉悟，不但专业能力备受考验，同时也需有强韧的精神。

我认为从事创作的人必须具备三项条件，分别是：对自己作品的坚持，不执着于个人的整体均衡感，强悍的精神，缺少其中任何一项，都无法顺利完成创作。

导演的生理节奏

电影这种东西会呈现出导演的内在世界,其呈现的程度甚至令人吃惊。

其中之一就是节奏。

从无关剧情的小地方,就能看出导演的生理节奏,比如要求演员走路的速度,或者对话间隔的编排方式等等,都是些微不足道的地方。这种生理节奏或许近似于导演日常生活的节奏。

这件事情相当重要。主要是因为,剪辑的步调最后往往也会取决于导演的节奏。配乐若是能与这种生理间隔同步,影像与音乐就能协调。两者若无法契合,无论是影像还是音乐,不知为什么就会给人以散乱的印象,两者无法相互融为一体。

我曾试着想过该如何解决这个问题,唯一的办法是只能依靠自己的感觉,凭着经验与直觉加以掌握。

在看原始胶片的过程中,我会试着将速度调快或放慢,慢慢体会。如果遇到的是第一次合作的导演,我也会去看这位导演的其他作品。解决的方法并非靠脑袋理解,而是亲身感受。

只要抓到导演的生理节奏,即使没有精准地测量秒数,也能靠着直觉猜测这场戏的长度,随后配上音乐,如此也能顺利吻合,犹如性格契合一般,影像与音乐会变得非常协调。这一瞬间,可以感觉到两者毫无排斥地共存。

电影节奏与国民个性

我只要读过一部剧本,就可大致推测出整部电影的片长。

制作韩国电影的配乐时,读过译成日文的剧本,我推测这部电影的片长约两小时十分钟,结果几乎完全一致。只要借助这种方式,我就能知道整部电影大概的运行节奏。

有趣的是在帮中国香港电影配乐时,从中文译成日文的剧本相当厚,我原本认为这样的分量,大概得花上两个半小时,事实上,电影只有一个半小时就结束了。我在剧本的某处标注:"这一幕大约30秒",结果在电影中只出现了一半左右的时间。"咦,这一幕已经结束了吗?"类似的情况接连不断出现,让我惊讶自己一开始就失算了。无论是对话还是动作,总之整部电影的节奏又猛又快,要传达的内容信息量也远比日本电影密集得多。我从中能够稍微认识到中国香港电影的娱乐性质。

最近配完音乐的一部中国内地电影,剧本也相当厚。因为有了中国香港电影的先例,我想这部电影仍旧是部节奏快的作品。看完原始胶片后,整部影片的基调给人的感觉是:"节奏有点太慢了吧!这是几分钟的电影?"当我觉得有些疑惑,不知该如何配乐时,看到剧本有10页至40页内容突然被删掉。尽管电影已经拍摄完成,仍将这部分内容删得一干二净。这也是令我感到惊讶的地方。

故事情节虽然没有什么问题,内容也比较严谨,电影主题也变得更为明快。但就我而言,因为读过剧本、看过影像,接着根据全片整体的感觉制作配乐。若多看几次,深入脑海的戏份全都不见,配乐的结构便遭到破坏。若再重新编排,需要花点时间。

由于有着如此大胆的做法,而且接触到电影人直率热情的感染力,我也从中获得各式各样的刺激,这也是现今我待在亚洲工作的意义之一。

我做过的电影配乐工作还不算多,并不了解每部电影的特色是跟导演的风格还是与各国的国民个性有关。如果我再多一些各式各样的经历,应该能发现许多不同之处。

作品的「人格」

想要了解导演的节奏,是否得去观察他的对话节奏和走路的方式?我认为不必如此。这个人的节奏慢,那个人是个超级急性子,完全静不下来,这些不过只是一般人与人相遇时,任谁都能感受到的印象或感想罢了。从结果来看,这些感受也会出现在电影之中;虽然能够当作一种启示,却绝不能把这些感受视为对作品的期望。

某个人的个性从容悠哉,拍出来的电影节奏一定不快,将这种先入为主的观点植入脑海并不是件好事。即使平常节奏悠闲的人，也可能会在这次的作品上呈现出具有速度感的内容。我认为理应看重的部分自始至终都是作品，而非导演本身。

每一个人的独立人格与职业人格，基本上是截然不同的。某某股份有限公司营业部的领导，他在工作上的做法和业绩与私下生活中的全然不同。

所谓的职业，是在不断持续的过程中，累积实际的业绩，将点逐渐连接为线的一种工作。在某人的执行下，这项工作才得以完成，这种结果就会逐渐建构起一个世界观。

我的本名叫藤泽守，但是这个男人与作曲家久石让做出来的作品，基本上是两回事。当然，都是一个人，应该不可能截然不同。总而言之，身为一名作曲家，我希望听众能将焦点放在作品的"人格"上，而非从作品中对我个人做出判断："久石老师的音乐如此，他的个性一定也是如此吧。"

我曾在某本书上读过一段德彪西的趣闻，他写的曲子那么的优美，却对金钱斤斤计较。据说德彪西的太太有天服药自杀未遂，他回家看到这幕情景时，当时采取的行动居然是去看昏迷的太太的钱包里有多少钱。这段趣闻的内容真假无法确定，但可以用来当作一个例子，说明乐曲与创作者的人格不见得会一致。

我们所认识的贝多芬是位伟大的作曲家。但是，我想如果与他熟识，一定会觉得他是个惹人讨厌的家伙。他是个相当俗气的人，应该不会有人想和他成为朋友。歌德在信中也曾写道，对于贝多芬的来访，他相当困惑。贝多芬的作品当然会呈现他的性格，但现实的他与他了不起的音乐，完全是两个不同世界的事。

再举一个例子，我们在看梵高的画时，并不是根据梵高的人格去欣赏他的画作。割掉耳朵这件事，凸显出艺术家特立独行的一面，使之成为人们对他产生兴趣的契机，但这并不等同于其画作本身。作品虽能表现人，但作品始终还是作品。

我们将公司称为法人。脑中生出一个念头，因此成立公司，然后招募许多人参与，扩大整个事业，不断持续经营。员工会更替，老板也会换人。即使换了新人，公司也是持续经营着。在公司里，以实体形式存在的，乃是所谓的组织这项"人格"。组织如同人一样，也拥有独立的人格。因此，如果成立公司，就不能随随便便让它倒闭。

创作者建构出来一系列的作品世界也有着独立的人格，就如同法人一般。

我与电影导演共事时，希望尊重的是作品建构出来的世界观，而不是要与导演的独立人格有所接触。我脑中所想的应该是如何诠释整部作品，并以自己百分之一百二十的精力获得成功。我与某些导演也一起合作过好几部电影，对于对方的习性有相当程度的了解。但是就我个人的基本立场而言，并不是因为彼此认识才参与其电影的制作；身为一名独立的作曲家，因为本身创作者的角色获得信赖，所以我才会参与。我与电影工作会产生关联并非基于人际关系，而是要创作出好的作品，即"对于作品的态度"联结起这段关系。

就结果而论，我认为即使认识再久，也不能够太过追求亲近的人际关系。一旦变得亲近，就再也无法让自己的精神全力以赴到达极限。我也是人，太过亲近只会造成依赖，或许在某些地方还会靠关系串通也说不定。最重要的是彼此尊重，彼此之间保持适当的距离。

音乐家执导的音乐电影《四重奏》

2001年，我亲自执导了一部电影《四重奏》。之前就有人建议我尝试拍电影，但我总是断然拒绝，回答说正因为认识了宫崎骏、北野武、大林宣彦等知名导演，我要和他们站到同样的位置上，简直就是自不量力、毫无可能。

成为导演的契机之一是在1998年的长野冬季奥运会，我获得负责开幕典礼综合演出的工作。这份经验让我有了自信，心想也许可以执导以音乐为主题的作品。因此，我决定尝试拍摄一部纯音乐电影。

这部电影的故事情节如下：

就读音乐大学时，四个朋友共同组成一个弦乐四重奏的乐团。他们抱着玩一玩的心情参加比赛，很快就惨遭淘汰。大学毕业后，四人各自走向自己的人生道路，但是做什么都无法顺心如意。于是，四人决定重新搭档，再次参加比赛。

整部影片的大前提，我希望在音乐方面，无论如何都不能造假。

最大的问题在于乐器的演奏画面。无论是电影还是电视剧，只要有演奏的画面，特写镜头经常都是只出现脸，看不见演员的手。演员无法灵活演奏乐器，所以才会采用这种手法拍摄，这是我首先想到要设法克服的问题。

因此，我请演员睡觉时也要抱着乐器，同时决定每星期安排两次以上的课程，让他们熟悉乐器。

如果要让演员能够弹奏乐器，美国有负责教授这种专业工作的人员，分别是教授实际弹奏的训练员和教导如何看似弹奏得很好的训练员，可惜日本还没有建立起这一套体制。

所有人花了三个月左右的时间拼命练习，至少在拿乐器时也能有模有样。在毫不间断碰触乐器的过程中，即使只有拿好乐器这件事，也能让人觉得很自然。虽然只是拿着小提琴站着，或提着乐器盒走路，看起来都很真实。

利用长镜头拍摄远景已经完全没有问题，但要拍摄手指弹奏时的特写，仍是一大难题。主角由福田沙纪饰演，在拍特写的场景时，另外做了一些特殊处理，通过使用替身的诀窍，脸部拍摄福田的脸，手部则是专业演奏家的手。

另外，由于这部片子是我亲自操刀，我希望音乐与影像不会产生不协调的感觉，因此我尽量删除片中与剧情状况无关的音乐。那么在整出戏的情境中，该如何去利用音乐？由于这部电影是以音乐学院作为主要舞台，片中会有音乐家或音乐学院学生出场，在某个角落必定有人正在演奏乐器。如何将出现在校园的人所实际演奏的音乐，毫不更改地运用在电影中？对此，我想过各式各样的方法。

四个朋友在比赛中演奏的乐曲就是这部电影的主题曲。我为这部电影所写的戏外音乐只有两首：一首是钢琴与弦乐器搭配的乐曲，另一首则是标题简短的作品。至于其他配乐的部分，我做了一项实验性挑战，全部都以戏内音乐连贯起整部电影。

做过导演后才了解的事

亲身体验后,我领悟了一些事情。首先,所谓的电影导演,非常需要决断事情的魄力。导演每天必须做出几十个不同的决定,视情况甚至会到百个以上,而且持续三个月。有关于电影主题的问题,也有细枝末节的情况。"这名女演员连衣裙后面的拉链颜色该怎么办?"这点小事甚至也要征询导演的意见。导演不能对工作人员说:"反正又看不见背影,什么颜色都可以啦。"体验过当导演的工作后,或许能锻炼出当机立断的直觉。

其次，导演的工作相当艰辛，而且耗费体力。音乐家也是一份体力工作，我平常会到健身房锻炼，所以对自己的体力有着自信。即便如此，顶着盛夏的太阳拍片，仍让我备感艰辛。

工作人员都穿着黑色T恤，虽然不易吸热的白T恤会比较耐晒，但是白色会将光线反射到镜头上。在酷热的室外长时间拍片，流下大量的汗水。衣服湿了又干，干了又湿……到了傍晚，汗水风干成盐渍，黑T恤上变成雪白一片。这种情况连日发生着。虽然还不至于筋疲力尽，但我想体格柔弱的人大概很难从事导演的工作。

最后，电影果然呈现出导演的内在世界。如果只是创作音乐的话，只要明确划分出界线，就能从客观的角度看待作品。但是担任导演拍摄电影时，无论是喜好、节奏，还是精神，被揭露的程度远远超乎我的想象。看过试映后，吉卜力工作室的制作人铃木敏夫用了个特别的说法表达他的欣赏。

"这部影片里，主角的性格就跟久石老弟你一模一样。拍得很好哦！"

我自己并没有如此设计，但对于认识我的人而言，主角看起来就像是我本人。

电影还是得具备戏剧性

我在《四重奏》里的许多拍摄手法都是借鉴过去一同合作过的导演,参考他们的做法。

我想要将整部电影的重心放在音乐上,让剧情淡化,因此采取了类似北野导演的拍片风格,把整部影片的方向定为脚本不过度拘泥在人物角色上,对话也尽量减少,同时从客观的角度拍摄,不拉近镜头。如前所述,我将精力放在演奏的场景上,希望能够凸显这些画面。最后一幕中,从电影开始就始终眉头深锁的角色——福田总算露出笑容。这一幕是参考泽井信一郎导演的拍摄手法。之前在《W的悲剧》（1984）里的药师丸博子，还有《早春物语》中的原田知世，这些女主角面临离别时，会回过头来，对着男主角露出最美的笑容。我试着把泽井导演拍摄女主角的手法套用在男演员身上。坦白地说，我也非常喜欢青春剧。

通过拍摄这部《四重奏》，我重新思考了电影的剧情。电影最终仍需重视剧情的部分。

由于这是部音乐电影，因此我在拍摄时，想减少电影里的剧情。若仔细描写出场角色的人际关系，剧情就会变得强烈。观众注意的焦点若是被吸引到故事情节的开展上，音乐必定会沦为配角，所以我判断若要让音乐具有力量，最好能让戏剧性稍受限制。但是，所谓的电影还是得具备引人入胜的戏剧性，才值得人们欣赏。虽然全片主题放在音乐上，最好还是呈现出一些剧情所需的深度。这是我现在的想法。

经历过做导演的工作，从一个迥异于过去的角度来参与电影工作，让我更能看清楚电影的本质。在我以后制作电影配乐的路途上，这种经验也会以各种方式对我产生影响。

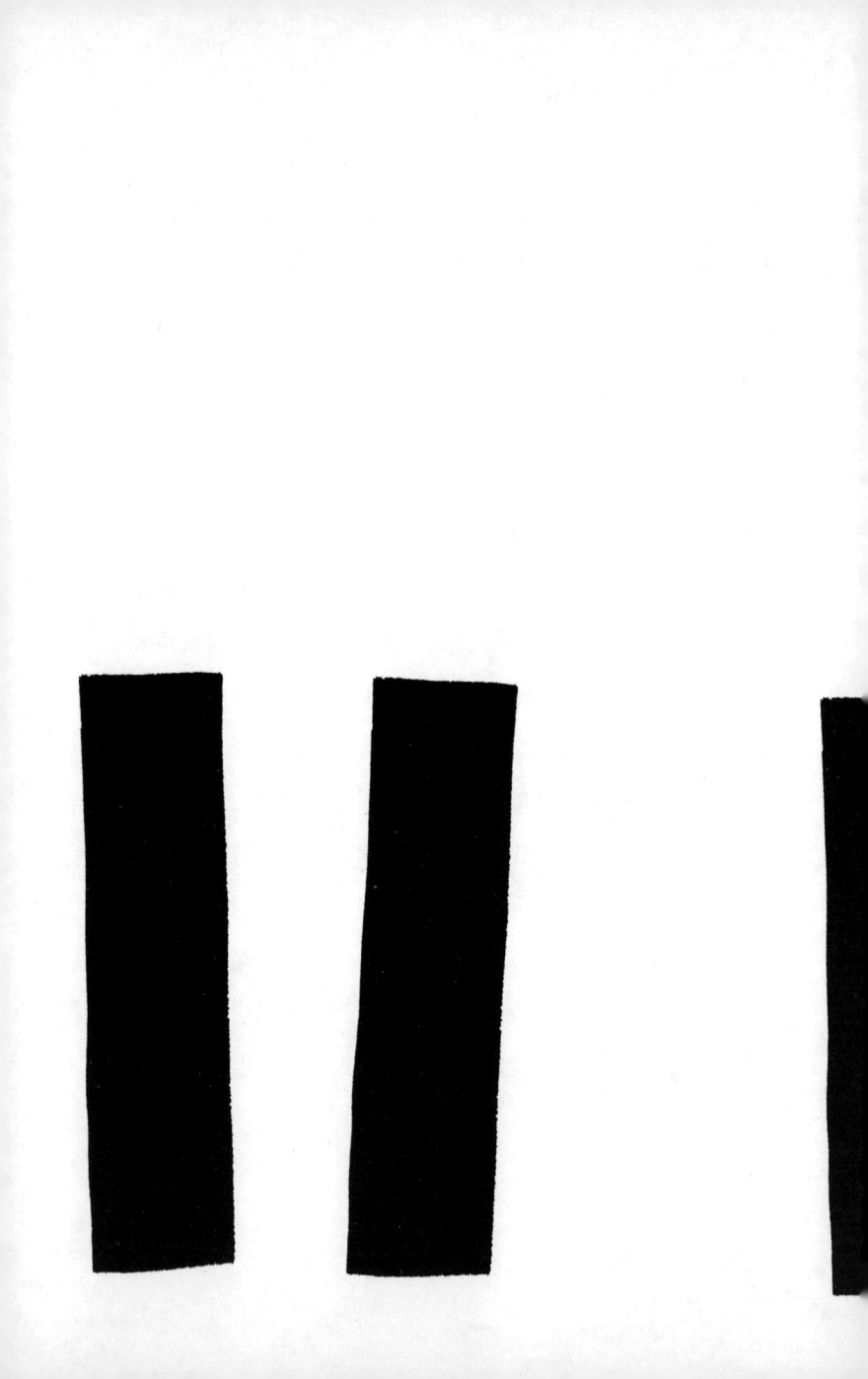

4

不可思议的音乐

音乐是记忆的开关

一听到音乐，人会感到震撼，或流泪；或用手打节拍、律动身体，甚至想要舞动。这就是音乐拥有的原始力量。音乐的力量能够直接传达到人的身体与内心。

小学时曾经学过，音乐是由旋律、节奏与和声所构成，这种说法完全正确。而与脑中记忆回路相连接的就是旋律。

听见"登登登登……"时，为何就会知道："啊，这是贝多芬《命运交响曲》的前奏?"虽然只是一段节奏，但是人记忆的部分却是旋律。

影像或照片之类的东西也容易与记忆联结，但在记忆的抽屉中，似乎音乐更能够快速地存取。例如，听到《月亮河》（*Moon River*）这首曲子时，脑中就会联想到，在电影《蒂凡尼的早餐》中，奥黛丽·赫本在楼梯上弹着吉他的姿态，或站在蒂凡尼店门口的身影。"Moon River, Wider than a mile..."，先判断出这段旋律，接着才会浮现影像；很少有人先想到影像，才浮现出音乐。

联想浮现的先后顺序或许与传送构造的不同有关。视觉信息是将映入眼帘的事物结合成像，再经由前额叶送入脑中；而音乐则是由人耳进入，通过海马体后，直接传到大脑。我对于这个部分非常感兴趣，这是我试着深入探讨的事情之一。

再举个更容易理解的例子。走在路上时，如果听见自己年轻时耳熟能详的音乐，除了勾起怀念的感觉外，过往的记忆也会在刹那间浮现脑中，比如当时交往过的人、一同游玩的伙伴等等。音乐的力量能让记忆瞬间返回到过去的某个时刻。

此外，身体能够迅速感受到节奏。只要是具有节奏的东西，身体就能轻易地接受。能令人感到舒服的，不一定非得是音乐不可。

因此，简单又令人印象深刻的旋律，再加上起劲的节奏，这样的音乐容易让人记得，并且想接近。广告中使用这样的音乐，效果会加倍。

戏剧与音乐互相成就

音乐所拥有的力量,能够从身心两方面让人着迷,因此往往被运用在戏剧的世界里。

音乐与戏剧都想要呈现出心理层面的东西,而让人感受快乐同样也是两者的目的之一,因此需要有戏剧性的开展。于是,一边利用戏剧演出制造戏剧性,一边则以音乐联结,借助旋律、节奏以及和声呈现戏剧的张力。

戏剧搭配音乐,更容易带动气氛。而音乐伴随视觉的呈现,更易于令人理解。借助两者彼此互补,能够呈现出更具戏剧性的作品。

自古以来，戏剧与音乐的关系就难以分割，比如西洋的歌剧、日本的歌舞伎和文乐、中国的京剧等等，无论是在东方还是西方，戏剧与音乐都具有相辅相成的关系。

电影由默片年代开始就有实时配乐，乐手会进入剧场，配合影像演奏音乐。

黑泽明导演曾说过："电影与音乐的构造非常相似。"我也觉得电影与交响乐的构造有异曲同工之妙。

歌剧明显地将戏剧的要素与音乐合二为一，利用歌唱形式呈现感情，而非借助台词，这种歌剧的原型出现在16世纪末。从此以后，许多音乐家投身歌剧创作的领域。

歌剧中所采用的音乐可以静谧安详，也可以气势磅礴。如果希望华丽地呈现出自己的作曲功力，应该会想要创作歌剧，而非谱写在教会或上流社交沙龙所演奏的音乐。身为一名作曲家，自然会为充满戏剧性的音乐所吸引，这样的心情我也能够充分体会。

因为时代的关系，歌剧诞生了。如果当时创作歌剧的古典音乐家生活在现代，那么莫扎特、贝多芬、韦伯、罗西尼、瓦格纳、维瓦尔第等人，大概全都会加入创作电影配乐的行列吧。

古典音乐作品为何如此多?

由于2006年是莫扎特诞辰250周年,一系列围绕莫扎特为主题的活动盛大展开。据说莫扎特只要几天时间就能写出一首交响曲,他是如何办到的呢?

当时的交响曲并不会太长,这是原因之一。不过交响乐在音乐的形式上相当严谨,换句话说,就是非常的制式化。

当时的交响曲主要是奏鸣曲式,尤其是第一乐章。所谓的奏鸣曲式,其形态简单介绍如下:

首先是呈示部。呈示部会有两种形式的主题，分别是第一主题和在第一主题五度属调上的第二主题。第一主题的特质是阳刚，而第二主题则是稍微柔美。其次是开展部，开展部加入各种变奏到呈示部的两个主题中，将气氛逐渐带入高潮。最后是再现部，接着再重复呈示部的第一主题。呈示部的第二主题在第一主题的五度属调上，到了再现部时，演奏的第二主题返回到原本的调性，接着进入尾声结束。

只需遵守这样的规则即可，因此莫扎特能在比较短的时间内创作出一首交响曲。

有"交响曲之父"美称的海顿，他实际创作了104首交响曲。能够进行如此大量的创作，也是因为有着基本形式可遵循。

轮回旋涡中的作曲家

从贝多芬出现的时期开始,我们才可以在音乐家身上清楚地发现创作者的性格。

在贝多芬之前,现在所谓的古典音乐原是为教会或贵族阶级而写的作品,之后创作的音乐才逐渐成为以民众为对象的演出作品。这些音乐创作开始被视为一件作品,作曲家开始强烈意识到自己的个性与艺术性,不再依附于贵族庇护去创作,而是依靠自己举办音乐会,或者担任钢琴师谋生过活,作为一个独立个体的态度逐渐明确。

此时期的音乐创作采用先前的"古典派"形式为基础，表现方法也变得多样化，创作手法逐渐加入更主观、更具感情的元素。这就是所谓的"浪漫派"。

随着浪漫派音乐的逐渐成熟，创作也难以避免地流于形式化，使得古典音乐家开始想找出某种更新型的表现方式。

因此，产生出交响诗的形式。交响诗的音乐构成形态宛如戏剧一般。例如，两个人相遇，彼此坠入情网，但又走向分离；或者英雄出现，打赢战争，换来的却是悲惨的结局。依此逻辑，作曲家希望让音乐如同戏剧一样带有故事性，借此摆脱奏鸣曲式的制式化，于是斯美塔纳（Bedřich Smetana）[1]的《我的祖国》以及鲍罗丁（Alexander Porphyrievitch Borodin）[2]的《中亚草原》等交响诗于此时诞生。

为了脱离完全定型的形式，而将戏剧的元素加入音乐之中，这一点相当有趣。同时也让我们了解到，音乐与戏剧元素的关系难以分割。

否定了过去的事物，重新探索一条新的道路，对于当事人而言，这是非常具有革命性的创举，但就长远的历史来看，往往都是了无新意的作品居多。

所谓创新的程度，不过只是稍稍脱离古老潮流的路径而已。在巨大的潮流之中，人类的存在如同一个小小的齿轮。

但是，如此微小的存在却能一点一滴地带来改变，借助若干改变的不断堆砌，就能够推动事物改变，让潮流产生变化。我认为依照这种方式不断改变的巨大潮流就是所谓的文化。

如此看来，在当今这个时代，我创作电影配乐也是身为一名作曲家的必经之路，并没有任何特别的与众不同之处。

---

1 贝德利奇·斯美塔纳(1824—1884)：捷克音乐家，捷克民族音乐的奠基人，被尊称为"捷克音乐之父"。
2 亚历山大·波菲里耶维奇·鲍罗丁（1833—1887）：俄国作曲家、化学家。19世纪末俄国主要的民族音乐作曲家之一。

凭借节奏风靡世界的流行音乐

可以说20世纪是节奏称霸的时代。节奏音乐的代表是流行乐,流行乐已完全成为世界共通的音乐。

但是,流行音乐的历史很短,如果以组成元素为贝斯、鼓、吉他、钢琴的流行音乐而论,这种形态诞生迄今,顶多只有不到百年的历史而已。

为何流行音乐能在如此短暂的时间内席卷全世界,风靡大街小巷?

答案就在于节奏。

古典音乐在形式不断变迁的过程中，从20世纪以来，逐渐变得复杂。20世纪初期，这种情形尚算可以接受；到了20世纪四五十年代以后，古典音乐便逐渐失去节奏。而且，由于不协和音的增加，音乐构成转趋复杂，造成乐谱密密麻麻一片，让专家忙于诠释。对于人们而言，古典音乐已经不是日常生活必备的音乐。古典音乐可以说是完全丧失了本质，理论日渐庞大，但本质却越发薄弱。

从相应而起的运动中，也兴起了一波极简音乐的潮流，也就是我曾在现代音乐中所涉足的领域，但这一部分暂且不谈。

20世纪是流行音乐的时代，也就是节奏的时代。20世纪音乐的最大特征就在于节奏。

若要探究这类音乐的源头是什么，得追溯到黑人渡过海洋的那段时光。非洲的黑人被当成奴隶带往美洲，从科特迪瓦辗转来到新奥尔良。在各种冲突磨合的过程中，黑人奴隶的音乐与白人的音乐相互融合，爵士乐因而诞生。黑人音乐中加入了白人即兴演奏的狄西兰（Dixieland）[1]乐风，逐渐发展为爵士乐。

同样的情形也发生在中南美洲，非洲黑人来此融合了当地棕色人种的音乐，于是形成拉丁音乐。

借助凸显非洲人所拥有的强烈节奏感，流行音乐这种任何人都能接受的音乐因而诞生。

古典音乐丧失了节奏，再也不属于大众，反观由爵士乐演变而成的流行音乐不仅凸显节奏，而且加上容易记忆的旋律，让人非常容易理解、易于亲近。流行音乐因此受到许多人喜爱，转眼间风靡全世界。

---

1 狄西兰：英文原意是"军队的露营地"（Dixie's Land），可想而知会与进行曲等音乐相关。狄西兰乐风大多借助蓝调、进行曲，或当时的流行音乐，甚至是某乐曲的其中一小乐段，加以延伸、推展，形成了即兴演奏的滥觞。

在时代潮流中何去何从?

处于如此巨大的音乐洪流中,我算是一名活在当下的音乐家。

延伸自己所学的古典音乐,我跨入到极简音乐的领域,却在此感受到矛盾,于是封锁了这条道路,彻底转向娱乐性质的音乐创作。进入21世纪,我该往哪儿走?音乐要朝哪一个方向行进?

身为一名作曲家,在音乐与时代的潮流中,该如何定位自己?这是我所抱持的疑问。

美国作曲家菲利普·格拉斯(Philip

Glass)[1]是世界知名的极简音乐家,除创作外,也从事电影配乐的工作。格拉斯有非常明确的思想,基本的创作立场是以极简音乐为主,同时摸索创作着新形态的音乐作品。

英国也有位作曲家迈克尔·尼曼(Michael Nyman)[2],是最早将极简主义(Minimalism)一词从造型艺术领域引入音乐创作的人。尼曼也是一边创作,一边制作电影配乐。《钢琴课》(简·坎皮恩导演,1993)等作品的配乐就是由尼曼操刀制作的。

而在日本,我曾经投身于极简音乐的怀抱中,如今也在制作电影配乐。然而,我还未曾创作过任何一首现代古典音乐的作品。

当然在我的音乐中,随处可见极简主义的风格,但是没有一首称得上是代表作。身为一名作曲家,我现在该做的课题是什么?想到这一点,没有代表作的问题就会令我无法释怀。

---

1 菲利普·格拉斯(1937—):美国当代最成功的作曲家,曾制作电影《时时刻刻》《楚门的世界》等电影的配乐。
2 迈克尔·尼曼(1944—):英国现代音乐大师,曾制作电影《钢琴课》《千钧一发》等电影的配乐。

作曲风格的变迁

20多岁时,我由极简音乐转而投入有娱乐性质的音乐创作中。那段时间,我几乎都是用钢琴作曲写谱。

正好在制作《风之谷》的配乐时,我接触到费尔赖公司生产的作曲合成器,将之首次运用在《娜乌西卡安魂曲》这首乐曲中。我试着运用到孩童歌声的背景里。我深深为这台合成器着迷,尽管其价格昂贵,当时要价1600万日元左右,我仍二话不说就买了下来。

有了这台作曲合成器后,我的作曲风格

彻底改变。

原因在于必须先将作曲的构想更改为具体数值，输入合成器里。借助这一步骤，我必须从原本依靠感觉进行创作的方法中剥离自我，视野得以变得客观。

然而，如此昂贵的设备却比不过现今的 MIDI[1] 装置，它仅有 8 个声道，也只能输出 8 种声音。虽然没多久又推出了 16 声道的合成器，但也只能同时输出 16 种声音，在编排弦乐器时就不够用。因此，我整个脑袋都在思考如何才能节约声道的使用，又该把哪些多余的声音拿掉。由于曾使用过费尔赖公司的设备，我能够凭借感觉掌握住真正需要的声音元素。

若以结果论，还有另外一件影响我改变作曲风格的事。我有段时间经常待在英国录音，那时的乐团成员是专门玩乐团的，而非录音室里的专属乐手。他们都不会看谱，只凭听觉记谱。这群人甚至不懂调名，却能在听到音乐的瞬间说出"嗯，这首音乐最好配上这样一段吉他"，接着就开始演奏。那是一种很棒的经验，没有写出乐谱反而能够锻炼出感觉层面的东西。

写谱并非作曲家的工作。乐谱的存在不过是创作音乐的过程而已，就算是没有乐谱也能够创作音乐。

而且，作曲合成器的功能逐渐发达，包含录音方法在内，作曲的技术层面日益发生变化。操作方式容易，而且便宜的作曲合成器已经问世，在家就能随时使用，录音室因此变得毫无意义，结果逐渐导致所有的音乐千篇一律。

如此一来，我该如何跨出下一步？身为创作者，我打算重新写谱。录音的方式也要逐渐改变，由原本在录音室以数字输入为主的录音工作，转至音乐厅现场录制交响乐团的乐音。这就是我现在的创作态度。这样的方式并不是在走回头路，正因为身处于数字化时代，我才想采取这种做法。

采取这种做法，乐谱必然会变得重要。身为开创先例的人，让我如同回到学生时代一般，拥有更多机会研究古典音乐的乐谱。而且，过去看不出来的音符结构意义，现在也逐渐能够理解。十多岁读莎士比亚与五十几岁读莎士比亚，会有截然不同的理解，我想这个道理是能够理解的。

古典音乐作曲家毕竟是投入一生心血在古典音乐上，因此写出来的乐谱极美，对乐器也了如指掌。无论是斯特拉文斯基（Stravinsky）[2]、巴托克，还是古斯塔夫·马勒（Gustav Mahler）[3]，都很优秀。我的梦想就是希望能够写出不让这些人专美于前的乐谱。

这几年来，我担任交响乐团指挥的机会越来越多，也是起因于这个梦想。

1 MIDI：乐器数字界面（Musical Instrument Digital Interface），是指连接各种不同电子乐器间的标准通信协议。
2 斯特拉文斯基（1882—1971）：美籍俄裔知名作曲家，最著名的作品为《春之祭》。
3 古斯塔夫·马勒（1860—1911）：奥地利杰出的指挥家，也是重要的现代音乐作曲家。

我决定亲自上场弹奏钢琴、担任指挥

画家完成画作后,整幅画作就成为一个作品;作曲家如果只是将乐谱写出来,还不能算是完成音乐创作,要有人演奏、歌唱,让他人可以听见,才能称之为作品。写出一首钢琴曲,就必须以钢琴弹奏乐曲,即使是交响乐,也需要交响乐团来演奏。

电影配乐是为了辅助视觉影像而出现,因此演奏者不必露脸。但是,身为一名音乐家,如果要我将演奏会全都交由乐团演奏,而自己百无聊赖地待在舞台旁边,然后对着人说:"这是我做的曲子,好听吗?"这并不是我想要的。

由于演奏者并非创作者本人,因此很难让人听到音乐作品的本质。音乐的本质若是能与创作者画上等号,对于观众而言,是最能理解,也是最期望的事情。世界上优秀的钢琴家数不胜数,但最能清楚地理解作曲家久石让的创作意念者,只有我本人而已。至于演奏的技巧,我想只要经过一定时间的练习,应该能逐渐掌握。

于是,为了呈现自己创作的音乐,我决定亲自上场弹奏钢琴、担任指挥。

正式以演奏者的身份弹奏钢琴是在30岁之后才开始,在这之前我一直都在弹奏钢琴,但是对我而言,钢琴不过是作曲家编织音乐的道具,没有特别要求一定要弹给谁听,它不过是用来确认自己的想法而已。而现在我必须在众人面前弹奏钢琴,这非同小可,因此我努力地反复地练习着。

指挥的重点在于如何诠释乐曲。

虽然这也不是件容易的事,不过音乐演奏有交响乐团可以代劳,不必亲力亲为,因此,我认为指挥比弹奏钢琴轻松。不过,指挥也是一份耗费体力的工作,需要用到肩膀、腰部及手腕的肌肉。最初担任指挥时,会累得肩膀酸痛、手举不起来。正式上台指挥可是件难事,幸好有一群顶级优秀的演奏家协助、护航,我总算是完成这项任务了。

至于钢琴弹奏,还是得由我自己来弹奏。即使到了现在,要说有什么事最令我头疼,毫无疑问就是弹奏钢琴所带来的压力。巡回演出时,一遇到排定好需要弹奏钢琴的日子,我的心情就会变得沉重。我并没有想夸耀自己有多辛苦,不过只要接近演奏会举办日期,我每天都会弹上十多个小时。如果没有如此足够的练习时间的保证,虽然还不至于非常不想上台,但就是鼓不起勇气上台。

『你是最棒的!』

每次要上台之前,我的行动都是固定不变的。行动的顺序都详细地定好,我如同被制约一般,都以同样的姿态等待上台。借助这样的行动,我的注意力逐渐集中。

演奏会当天下午 3 点左右开始总排演(与正式演出流程完全相同的舞台排演),5 点过后就会结束。排演结束后,我会稍微吃些东西,接着小睡 45 分钟,因此我会请人准备一张床放在休息室里。醒来以后,我就到厕所抽根烟、刮胡子、洗脸、刷牙,做个体操,并将内裤和袜子全部换成新的,再穿上演出时的服装。准备工作做到这个阶段,距离正式开场还有 15 分钟左右的时间。

此时我会先请工作人员离开休息室,让我一个人独处。接下来,在桌上铺上一条毛巾,并将毛巾想象成琴键,同时动手弹奏起哈农之类的练习曲,让手指热起来。在正式开场前弹琴,并不会有任何好处。演员休息室里摆放着钢琴,我也曾经在那里练习之后才上台,但因为休息室里的钢琴与舞台上的钢琴无论是音色还是触感都不一样,结果反而破坏了自身的协调感。因此,无论有没有钢琴,我都是在毛巾上做弹奏的想象练习。

练习结束后,我会站到休息室的大镜子前,看着镜中的身影,检查自己全身上下,并对着镜子里的自己加油打气。这时候,在我的脑中,会瞬间浮现迄今经历过的几个最有压力的场面。

"想想与捷克爱乐乐团一起演奏的时候,那次你不也是顺利完成了吗?""戛纳影展那次又怎么说?你也办到了啊!"我在脑中想着这些场面,描绘自己成功的模样。最后,再对着镜中的自己说道:"你的音乐是世界第一!你是世上最棒的演奏者,上吧!"借此让自己集中精神,接着走出休息室。

上台前的行动大致如此。虽然有时会因场地或入场时间的不同而稍有不同，但都大同小异。正式开演前，我一直都很紧张，也会感受到压力，但我不会因此而觉得痛苦。要完全不紧张或没有压力，根本就不可能。

人生在世，要经历严苛的考验，并加以克服才会有所成长。换句话说，唯有通过更高层次的试炼，成长的速度才会加快。

商品的考量 vs 创作者的成就感

既然我标榜自己是商业音乐家，因此若是得不到任何委托，这份工作就做不下去。

或许自己心里还会抱着这样的想法："不对，我还在创作独奏专辑，这才应该是我自己想要经营的世界。"但是，现实世界是很真实的，如果连独奏专辑都卖不出去，便无法继续创作了。完成一张专辑，结果却卖不出去，造成亏损，如此便不会再有机会。因此，销售的因素也要纳入考虑中。

在流行音乐这块领域创作简单易懂、受

人喜爱的音乐，进一步来说，相当于要写出好的旋律，并决定如何搭配舒服的节奏以及别致的和声。然而，如果只是反复做这些事情，我的作曲能力将逐渐萎缩。因此，我想做与众不同的事，让自己的创作更多元；若只是如前所述，容易让自己过于偏执，无法创作出符合大众口味的音乐。我也清楚这个道理，因此内心挣扎不已。

就这层意义而言，无论是商业音乐家的挣扎，或者创作的立场，还是创作者单纯的满足感，彼此之间都存在差距。

个人专辑是创作自己想要的音乐，与电影配乐的工作性质完全不同，但我仍努力创作出大部分人愿意听的音乐，不能任性地创作。

至于专辑的哪个部分掌握住听众的想法，我会注意时代的潮流，从中反复推敲该用什么方法、从什么地方让时代的需求与我的音乐相互结合。

我常常在想，一直以来我认为工作活动有两大重心，一个是电影或广告的配乐工作，另一个是制作个人专辑，或举办演奏会。但除了这两者之外，是否还有另外一种可能存在？于是，我开始思考是不是该抛开商业音乐家的种种限制，转而经营另一个自己真正想要呈现的世界？通过这种做法，应该能够获得更多的自由吧。

依赖直觉的优缺点

读书期间,音乐大学的学生非常认真地学习音乐理论。但是,学的理论再多,如果只是依样画葫芦,仍无法做出像样的曲子。要将过去的事重新汇整,或建立一套体系时,理论很有帮助,但对于创作,却派不上任何用场。即使能靠着理论预测出之后的方向,也无法从中酝酿出任何结果。

就结果来看,光是在脑中思考的想法完全派不上用场,无论头脑的分析多么明快,仍旧无法触及最终的核心。

近些年取得MBA（工商管理硕士）的人数大幅增长。辛苦拿到MBA的资格，在企业里也能够好好努力的话，就可以当个好顾问。但是，我认为光是如此，还不足以成为公司的高层。

即使通过市场理论可以分析出哪个方向最安全、哪种做法能够挽救公司，但是像这类分析，每家公司都在进行，因此无法借此获得巨额的收益。

老板的工作就是提供创意。

"不，正因为所有人都说是右，才表示应该要往左。"会议上的所有人都选择右的时候，老板要能力排众议，决定往另一个方向前进，将成败全押在这个孤注一掷的决定上，但这样的决定不能有赌博的成分在里面。公司乃是一个事业体，因此不能抱着侥幸的心理："碰巧押对大奖，真走运！"老板必须不断提升公司的收益。

在创业者之中，采取独断独行经营模式的人，做出决定的直觉往往都很敏锐。他们利用这种做法让公司一路向上成长。

但是，这些经营者的最大缺点在于只相信自己，身边的人不是如同马屁精般的董事，就是接到指示才会做的下属。如果由构想到判断都得由自己亲力亲为的话，从某个时期开始，直觉往往就会变得迟钝。到那个时候，经营者就会逐渐变得像《皇帝的新装》里的国王一样,要么是身边没有可以提供意见的人,要么就是即使有人提出建言,他也完全听不进去;堤义明[1]如此,中内功[2]亦然。

这种情况起源于不听所有人的意见,却能靠着直觉而获得成功,也就是在创业之初就已种下败因。依赖直觉就得随时面临这种危险,因此必须拥有优秀的顾问。经营者听取身边贤士的意见,再由自己判断,如此才能永续经营公司。

总之,借助头脑创造出来的世界,也就是一加一只能等于二的理性思考方式,一旦换成从经济或另一套体系的角度思考,就无限循环,只能走向扩大再生产一途。

然而,我想这并不是人类原本所期望的情况。虽然理论没有边界,但现实却存在着界限。因此,上班族才会有烦恼,不知道在永续扩大再生产的循环中,自己要如何求生。生活在都市的人全都处于焦虑不安之中,我想原因也出自于此。

---

1 堤义明(1934—):前日本西武铁道集团公司董事长,因集团丑闻而下台。曾两度入选《福布斯》杂志的首富行列。他对日本经济影响甚大。
2 中内功(1922—2005):日本大荣超市创办人,享有"日本流通革命旗手"美誉。

第一个听众是自己

无论是自己、工作，还是感性，没有任何一样东西是永恒不变的。如果保持这种想法，就能拥有非常开阔的视野。

例如，棒球选手在打击投手投球的瞬间，挥棒前判断的时间是零点零几秒。这个瞬间的判断与自己身体状况充分取得协调是最好不过的事。某一年的身体状况非常好，打击率高达三成，也当上了头号击球手，但是到了下一个赛季，即使感觉自己仍维持相同的状态，视力或身体状况还是会产生一些微妙的变化。如果每年都不针对这种变化做修正，就无法一直维持在相同的状态。

无论是前一个赛季还是目前的赛季，如果能创下同样好的纪录，并不是由于打法、做法都完全相同的缘故，而是因为自己能顺应改变。

作曲家所处的状况类似于棒球选手的状况。

创作出的音乐若是让人愿意聆听，非常重要的一点就是得让身为头号听众的自己感到喜悦。如果交出的作品都无法感动自己，周遭的人也不会被打动，更别说更多的听众了。

因此，作曲家的目标应随时放在创作自己能感到兴奋的作品上。然而，这种兴奋并不是一味地自吹自擂，觉得"很好""我喜欢"，而是将自己脑中理性的思考、感性的部分以及从电影或绘画等作品中得到的感动都运用于创作。每一天、每一年人的状态都会改变。在每个时间点上，自己期望的表现方法也会随之改变。在创作条件随时都在变化的环境里，一边摸索着创作途径，一边思考该如何呈现好的结果与音乐。

我常常在想，音乐绝对无法为我带来幸福。这种想法让我感到苦恼、折磨。不过，即便如此，我也不会放弃音乐。

从原本空无一物到创作出音乐，那一瞬间的幸福是任何事物都无法取代的。

5 日本人与创造力

传统乐器是『神秘高人』

希望呈现出独树一帜的世界观或独特的感觉时,往往会采用民族乐器或传统乐器。然而,电影导演似乎不太喜欢传统乐器。

在最近的一部中国电影里,我尝试使用二胡、琵琶和古筝等乐器配乐。导演听过之后,表示不太希望使用这些乐器配乐。

传统乐器的音色富有个性,如果放到由西洋乐器构成的音乐中,能够制造出有趣的效果,同时也会产生过度的震撼。

我举日本传统乐器为例,就能立刻理解

这一道理。例如，听到尺八[1]的音色时，脑中顿时浮现出竹林或头戴圆筒竹笠的虚无僧形象。由于既定印象过于强烈，很难让人坦然接受新的感觉，往往阻碍了对电影所产生的诚挚情感共鸣。

《艺伎回忆录》（罗伯·马歇尔导演，2005）一片中，配乐使用了尺八、横笛与日本琴等乐器，在日本人听来，仍有些不敢领教。就像是把富士山写成"Fujiyama"，或将艺伎写成"Geisha"，这些乐器只是被用来当成突显异国情趣的元素而已。

但是，传统乐器仍有其能呈现出的味道。如果是用来表现音乐的深度，效果会很好。而且，一部分原因也是我的脾气使然，只要看到导演流露出为难的神情，我反而更想用来试试看。

事实上，在录制《幽灵公主》（宫崎骏导演，1997）的音乐时，我曾遇过这个问题。由于舞台背景设定在古代日本，因此我试着大量使用日本自古以来的传统乐器。吉卜力工作室的作品在录制电影原声带之前，往往会先制作印象专辑，我在印象专辑中就使用了尺八与琵琶，结果宫崎导演皱着眉头对我说："音乐响起的瞬间，就像是贴上一张指示牌，告诉听众：没错，这里就是日本！叫人怎么用单纯的心情去听。"

结果在录制《幽灵公主》的原声带时,并没有特别明显使用传统乐器,而是用三度和声演奏,再加入筚篥[2]吹奏上行音,以及南美洲的昆那笛吹奏下行音。采取这种方法,即使音乐基调是交响乐,也能尝试创作出毫无西洋味道、具有独特音色的音乐。

至于先前曾提过的中国电影《姨妈的后现代生活》,情况又是怎样的呢?主题曲开头部分使用民族乐器,后半部则加上弦乐器及钢琴,让三种乐器的音色融合为一。

这首主题曲的旋律并不容易编排,我在写旋律时,故意加大音域,以便排除所有的情绪。跳跃的旋律代表这样的乐曲并不容易演奏。我特意将曲子做得难以演奏,希望将观众的视线从主角的心理层面完全抽离,营造出冷淡的感觉。整部电影里的配乐也控制在适当的范围内。

---

1 尺八:一种直吹的日式木管乐器。
2 筚篥:一种短的日式双簧管乐器,多用于宫廷雅乐中。

从亚洲一分子的立足点出发

我这几年都不断地在亚洲工作。大多数时间在制作中国或韩国的电影配乐，或到当地举办演奏会，这让我强烈意识到自己是个日本人，同时也是亚洲的一分子。

我因此感受到许多事情。如果只将目光局限于日本国内，是不会知道这些事情的。随着立足点不同，我能站在客观的角度观察日本人。现在就来谈谈，在这个过程中，我对日本及日本人的感觉与想法。

这次在中国做录音工作，我在北京邀请

了中国爱乐乐团参加，从主题曲开始录起。直到录制之前，我还感到很迷惑："这么做真的适合吗？"但是，当音乐开始演奏的那一瞬间，人们会觉得："嗯，这个决定非常正确。"我想自己已创造出一个独特的世界。

这已经是我第二次在中国进行录制及混音的工作，事前虽然也会设想有无法预期的事情发生，但仍会遇到许多无法掌控的事情。不过，选择在中国进行录音真的是太好了。若是在日本工作，最后的结果一开始就会摊在眼前。改变工作状况，到一个不曾工作过的地方进行录音，或采取从未使用过的方法等等。我很喜欢这种不知道能否顺利进行，把人逼到全身要起鸡皮疙瘩的紧凑感和不断将自己推向极限的感觉。在此种状况下，前方必定能够发现未知的有趣事物。

越是无法预料的道路，越让人感到有趣。这次的工作虽然也遇到了麻烦，却非常有意义。

世界唯一的五弦琵琶

正仓院[1]里收藏了世界唯一现存的五弦琵琶"螺钿紫檀五弦琵琶"。

琵琶是从西亚经由丝绸之路辗转传入中国及日本的乐器。现今的琵琶是四弦，五弦琵琶在印度与中国早已不见踪迹。经过丝绸之路时，位于塔克拉玛干沙漠的克孜尔千佛洞里绘有五弦琵琶的石窟壁画，据说只有该处有此乐器的纪录。

唯独日本保存了五弦琵琶，这一点相当耐人寻味。一到中国工作，往往会对中国人与日本人在整理能力上的差异感到愕然。日本人比较一板一眼，擅长有系统的管理方式。

同样的情形也体现在日中两国对于传统音乐的保存方法上。

举例来说，日本传统艺能之一的雅乐原是平安时期[2]的音乐，不过现在所听到的雅乐，无论是使用的乐器，还是演奏的方法，都与当初完全一样。通过代代相传的方式，雅乐不断维持至今，保留着最初的样子。因此，现在所听到的雅乐，与1000多年前毫无差异。

现在的中国似乎已听不到1000多年前的音乐，据说传统音乐都没有留存下来。这是因为中国人在传承的过程中，自己逐步设法做出改变。因此，目前的传统音乐已经没有所谓的原型。民族音乐学家小泉文夫的书中曾提到这一点，现况也确实如此。

中国弹奏琵琶的人努力想找出传统的弹奏方式，但据说传统的弹奏方式几乎没有留下什么依据。现在，不论是调弦还是运指的手法全都改变了，几乎无法称为同一种乐器。

这件事情揭示出一个重要的情况。日本人十分听话，原封不动地将传统传承下去；中国人则是想靠自己做些什么，加入了创意和巧思，因此中国的传统会逐渐改变。换言之，日本人擅长忠实地维护传统，却不太具备创意的功夫；同时这也表明日本人的创造能力相当薄弱。

日本将传统妥善保存下来,或许有人会因此认为日本人也富于创造性,但其实日本是非常不擅长创造的国家。我自己也感觉到了这一点。

1 正仓院:位于日本奈良东大室内,收藏了从古至今的皇室及佛教宝物。
2 平安时期:公元 794 年至 1185 年。

从音乐与食物看日本的国民性

中国人不会将传统原封不动地拿来利用,因为他们认为这种做法只是一种抄袭而已。在中国人的想法中,如果只是一味地沿袭,传统过不了多久就会逐渐失去生命。依照每个时代的不同需求,形态上当然要随之改变(我想大部分原因应该是政治因素使得乐曲的演奏遭禁,或者是国家介入的因素)。

日本人有很强的吸收能力,却禁止施加任何外力改变传统,他们的想法根深蒂固,认为不该在传统上发挥创意。这种情形就像日本人虽然在学生时期很重视个人的独特性,也具有强烈的自我主张,过着奔放的不受拘束的生活,然而只要一进入公司工作,就变得听话服从、一板一眼。或许日本社会难以培养出突出的"个体"。在这一点上,日本人有别于欧洲人、美洲人和中国人,国外的人无论身处何地,全都将个人视为独立的个体,主张每个人的独特性。

所谓的传统音乐并非只是原封不动地保留过去的东西,而是生活在每个时代的人理解过去的脉络源流后,接受其精华的部分,去除无用的部分。而且,身为漫长历史中的一分子,也逐渐加入某些特色在其中。通过这种方式,经过了几代或几十代,传统逐渐改变了样式。这应该也可称为文化传承的自然形态吧。这么说来,日本对于传统艺能的保存方式不就是相当另类的形态吗?

日本在明治时期[1]进行了一次大改革,这就是明治维新。明治维新导入各式西方体制,无论是政治还是教育等等,全都彻底换成西方的体制。这段时期里,旧有的东西全都遭到割舍。维新的方式并不是善加利用好的东西,改革应该有所变化的部分,而是非常彻底地将所有事物都干脆地换掉。

就音乐而言,除了《越天乐》[2]之类的极少部分乐曲外,希望将大多数音乐当作传统音乐流传下去的想法已不复存在。从这一瞬间开始,在缓慢的潮流里不断变革的行列中,已看不见日本传统音乐的身影了。

日本人吸收新事物的能力很强,却很少加以改革。看到某种典范,将其当成目标时,就会展现出努力的一面,这就是日本的国民性。追上欧洲、赶上美国、成为世界经济龙头,在这种时刻,日本人会发挥出非常强的能力;但在创作本国独特的事物上,却表现得非常拙劣。

从另外一种角度来看,日本人也有着另一项特点,就是擅长将吸收的事物整理成自己喜好的样式。

例如,天妇罗据说是在室町时期[3]由葡萄牙传来的食物,如今已成为典型的日式料理。一般而言,日本人食用牛肉的习惯始于明治时期以后,牛肉锅或寿喜锅之类的料理也同时在大众阶层普及开来,从而更进一步发展成大众口味的牛丼,完全是日本特有的味道。中华面如同名称所示,是从中国传来日本的料理,但拉面却是日本特有的食物,并非中国所创。即使是咖喱饭,在印度也找不到像日本一样的吃法。我想日本对于饮食文化有自己的一套方法。

由于饮食文化与生活的关系密不可分,因此没有遭受政治层面的体制改革波及,不知道这算不算是一种幸运?

---

1 明治时期:公元1868年至1912年。
2 《越天乐》:日本雅乐的经典曲目。
3 室町时期:公元1336年至1573年。

将传统流传后世的再生法

21世纪初的中国,用中国传统乐器演奏西洋音乐是一种常态,比如拿二胡拉出安东尼奥·维瓦尔第(Antonio Vivaldi)[1]的《四季》已经成为一种流行。通过这种形式,可以让人亲近音乐,也能够提高演奏者的功力,因此并不是什么坏事。

我曾去过位于非洲的马里共和国,当时我与该国一所音乐大学的教授来往频繁。这个国家幅员辽阔,民族乐器也有北、中、南之分,随着地方不同而不同,有类似笛子之类的乐器，也有如同吉他一般的乐器，各式各样的乐器散布其中。

这位教授研究的课题是如何让这些乐器合二为一，进而组合出新形态的音乐。传统音乐若是放着不管就会过时，变得无法跟上时代。因此，针对原本只存在于北部、用北部民族乐器才能演奏出的地域性音乐，他尝试运用中、南部的特殊乐器合奏，希望创造出新的传统音乐。

这种做法或许会让人觉得是轻视传统，其实如果要传统音乐不被时代淘汰，重新赋予其生命，唯有全新创作才是最好的方式。在尝试的过程中，历史与时间自会将矛盾冲突的部分剔除，让应该留存的部分延续。针对日本的传统音乐，我们是否有过这类的构想呢？

巴厘岛有种音乐叫作甘美兰（Gamelan），一般认为这是当地的传统音乐，不过现在我们所看到、听到的甘美兰乃是人为创作出来的，完全不同于过去的。

20世纪二三十年代在当时在位的国王指挥下，巴厘岛摸索着如何将传统文化与西方文化结合的道路。据说他们从欧美请来了艺术家与学者，研究什么样的音乐才能让西方人容易接受，另外也着手收集各地留存的技术与情报。

克恰舞（Kecak dance）也在这场针对传统的收集活动中，针对神与魔的关系做了一番整理，接着重新融入舞蹈之中。重新建构的神魔关系并不是善与恶的相互对峙，而是两者都有其必要的存在。西方人一直都是以善与恶的二元对立去理解神与魔的关系，因此接触到这种东方式的哲学时，他们对此构造感到非常新鲜有趣。

于是，由人工创造出的全新形态就此固定下来，逐步发展成为今日的甘美兰音乐。在某些时候，那些优秀的人运用某种形式对传统整理、加工后，就能让传统再生，因此整体拆解与重新构成都很重要。

在歌舞伎的世界里，市川猿之助通过超级歌舞伎，做出了许多颠覆既定观念的创举；现在以中村勘三郎等为首的一批人，正试着为歌舞伎注入更新的活力。年轻一辈也在各个方面做出新挑战。这是件好事。野田秀树和三谷幸喜等人创作歌舞伎的新剧本，是非常棒的尝试。这种努力逐步累积，新的戏份自然会加进传统演出的节目中，改变歌舞伎的形态。如此一来，演出方式亦会随之改变，进而逐渐影响各项事物。乏味无趣的戏份不用多久就会随着时间淘汰，从此不再演出，好的戏份则会继续留存。如果不以这种形式摸索出之后的形态，只靠代代相传将无法保存传统。

我想在音乐等领域上，日本可以多尝试这种类型的挑战。

---

1 安东尼奥·维瓦尔第（1678—1741）：巴洛克时期最具创造力的意大利作曲家，代表作是《四季》。

巴厘岛上的领悟

到巴厘岛的乌布时,当地居民为我演奏了一场甘美兰。他们并非职业演奏者,他们的工作就是白天作画,将完成的作品拿到礼品店寄卖;有些人的工作是制作铜艺品或织布。过去这里没有专业的音乐家,也没有专职的工匠。他们演奏时的服装应该是亲手织成的,日常穿的衣服也由自己缝制,至于多做的衣服就拿到店里销售,赚取生活费用。

到了晚上,全村就一同演奏甘美兰来发展观光事业,连小孩也是从小就加入大人的表演行列中。

为了生活而制作东西，用做好的东西维持生计，没事就演奏音乐。在这里根本无法将音乐与生活区分开来，两者是完全地共存。我认为这就是一种人类的理想生活形态。

我到乌布时，当地仍保有纯朴的风气，但我觉得一旦更为现实的商业主义入侵，当地的文化就会随之瓦解。巴厘岛的沿岸地带已经变成了观光度假景点，世俗化得相当严重。

之后为了寻找电影的拍摄场景，我又有机会造访乌布。这次让我见识到了许多观光客不会去的地方。

乌布的村落有着很强的组织性，因此那里的人多半是与同族通婚，很容易产生畸形儿。这些身体不健全的人会被赶到村子的边缘居住。据说过去也曾存在如此现实的问题，但整个村落也因此形成了紧密的生活共同体，村民之间的血缘关系也变得深厚，所以村民非常容易理解彼此的心情，轻轻松松就可以心意相通。

知道这些事情后，我想所谓接近诸神的人们和接近众神的岛屿，或许就是这么一回事吧！甘美兰的音乐突然间就喀恰喀恰、喀恰喀恰地演奏起来，外来者即使有意跟着一起演奏，往往也跟不上节拍，配合的难度很高。但是，由于当地居民关系紧密，彼此之间心意相通，因此能够分毫不差地配合着演奏出绝佳的音乐。

举例来说,就算各自分隔两地生活,仍旧可以察觉到"啊!她在哭""他好像面临什么危险"。要产生这种感觉,有赖于心意相通的感知能力。

美国是个聚集了许多种族的国家,因此美国人欠缺这种感觉,但这种感觉在日本人身上仍然可以找到。虽然完全无法与巴厘岛上的村落居民相提并论,但日本是个岛国,所以人民还算是有着浓浓的血缘关系吧。因此,即使只隔着一道拉门、一扇纸窗,也能够互不相扰地一起生活。

美国人强烈主张个人主义,虽然会有要共处的想法,但是他们也很重视个人的隐私,每个人的房间都独立分开,一有事情就把自己锁在房里。在美国的文化里,人们不懂得察言观色,如果不把心里想的事情直截了当地说出来,彼此就无法了解。由于必须确认对方的意思,所以不论是年轻的情侣,还是上了年纪的夫妻,都会频繁地说:"I love you。"

美日之间存在文化上的差异,在我看来,对于美式思考和想法,没有必要来者不拒、照单全收。

一声令下,所有人往同一方向看齐

日本人擅长革新,历史上也不断地进行多次重大改革。

明治维新就是典型的例子。迈入昭和时期后,日本发动战争,打了一场败仗,结果无奈地被迫革新。第二次世界大战后,日本的改革并不是仿效明治维新那样有意识地推行,而是整个社会的价值观产生一百八十度的转变,因此毫无疑问是一次重大革新。

革新期间,日本往往喜欢掩饰一切,连重要的事情也不例外。不知道是因为叛逆精神不足,还是创造能力薄弱,只要一声令下,所有人都乖乖听话,全部往同一个方向看齐。

这种革新的态度也显现在日常生活中。无论事情好坏,人们都能无所谓地当作没发生过一样。"好了伤疤忘了疼",这句话精确地形容了日本的民族性格。

在这种政治状态下,学生没有走上街头示威游行,或进行任何集会活动,这是现在最令人担心的事情。以前的学生总是走在时代前端,对抗当时的权力体制,包括1960年的反安保运动也是如此。我这种不关心政治的人也曾一度参加示威游行。但是,现在的学生完全不会参加示威游行,感觉好像被时代与国家彻底驯服了。

东京这座城市曾是水都。江户城[1]原有许多河川,因此留下了很多与水相关的地名。东京的市景就围着丰饶的河川周边而兴建。伦敦的泰晤士河、巴黎的塞纳河、曼哈顿的东河,全球的大都市都是与河川共存。

然而,东京却在开发河滨海湾,填埋河川与海洋,总之就是想要增加土地。这种做法并不正确。东京街头给人的感觉不同于伦敦、巴黎,有着一种无处可去的压迫感。填埋珍贵的河川应该是原因之一。

日本上下齐心协力将人类不可或缺的基本部分彻底掩盖。总而言之,现在日本借助由数字所象征的经济,成为整个世界运作的中心。

　　只要设定好目标值，日本人会非常努力地达成。一旦有了显而易见的目标值及明确的课题，日本人就会很勤快。但是从现在的状况来看，每家公司都不懂得如何设定目标值。即使要求提高目前的营业额，也不知道该从何做起。日本以经济为中心的社会体制，本身已走到濒临失效的阶段，下一步又会采取什么样的革新手段？只要一有革新，日本人就会将重要的事物纷纷抛诸脑后，当作没这回事，最后逐渐将其淡忘。

1　江户城：江户城是位于东京都千代田区千田的一座城堡。今日日本皇室的皇居即为江户城的旧址。

何谓诠释音乐

很久以前,在美国大获好评的一部音乐剧要来日本演出。音乐剧的作曲者亲自到日本担任此次演出的指挥。安排好的排练时间大约10天,在听过乐团第一天的排练演奏后,指挥非常感动,高兴地表示:"太完美了!真是棒极了!你们都太优秀了!"他对于乐团的表现赞不绝口,觉得演奏得太好了,几乎不需要什么排练。

然而,一个月的公演结束,这位作曲者要回国了,据说他临行前生气地表示:"从此不想再到日本。"

理由是什么呢？到底发生了什么事？

原因在于交响乐团的演奏水平几乎从头到尾都是一样的。

国外在排练时，根本无法一次排练好整场的表演，所有的人都演奏得乱七八糟。准确来说，问题并不在于技巧糟糕，而是每个人都照着自己的想法随兴演奏，因此听起来七零八落，让人担心何时才能相互配合演奏出完整的音乐。但是随着排练的次数增加，演奏逐渐变得协调，进步的幅度呈现急速上升的圆弧曲线，到了正式演出时会表现得更好。整体实力会呈现出这样的改变。

然而，日本人在一开始演奏出整齐划一的音乐后，就再也没有进步。如果将进步的幅度画成图表，大概只是一条稍稍往右上延伸的直线吧。基本的演奏技术是没话可说，但由技术实现诠释音乐的部分却显得薄弱。

日本人若是从小学习古典音乐，立志成为音乐家，通常都是把比赛当成目标而努力练习。锁定参加的比赛水平一次比一次高，借此让自己不断进步。譬如从小就接受精英教育的训练，常常让人佩服年纪轻轻技术却如此了得，20岁前后就在国际性比赛中夺名等等，备受众人瞩目。

但是，问题在此之后才浮现出来。

假设在比赛中得名,进入国外的交响乐团后,刚开始因为技术比任何人都要出色,所以能够气势十足地演奏。如果负责的乐器是小提琴,大概就是坐在乐团首席的旁边,意气风发地拉着小提琴。

然而一年以后,逐渐察觉自己的音乐无法与团体配合,于是往往藏头缩尾地躲到后面。其中又以加入德国地方交响乐团,而且主攻贝多芬或勃拉姆斯的人居多。虽然可以照着乐谱正确演奏,技术也很扎实,然而自己的音乐风格却是飘忽不定的,完全不知道该如何诠释。第一次不得不去面对自己的音乐时,由于找不到目标,不知所措,自信心因此彻底瓦解,于是又返回日本。这样的例子并非罕见。如果拥有目标,还不会出什么问题;但只要眼前没了目标,脑袋就变得一片空白。

学得越多也越容易阻碍对音乐的诠释。

传达的信息远比技巧好坏重要

撒开技巧不谈,我在指挥交响乐团时,往往会觉得:"经日本人演奏之后,音乐怎么变成这样?"

举例来说,我有一首曲子《起程时分》(*Asian Dream Song*)。这首曲子由中国的交响乐团演奏时,呈现出意境悠远的韵味,充分流露出中国的特性。韩国的交响乐团演奏起来也一样,听起来十分大气。但是,经由日本的交响乐团诠释,虽然也是合拍中节,演奏得很好,却有种小家子气的感觉。虽然演奏技巧无懈可击，但我经常在想，这种无懈可击究竟代表着什么。

通过演奏音乐，究竟想要传达什么信息？演奏音乐时，必须表现出来的就是这一点。然而光是在技术层面追求自身的卓越，将技术视为一切价值所在，就算演奏得再好，也称不上是音乐。

这种状况仿佛在告诉别人："我虽然在演奏音乐，但是心思都放在音高与旋律上。"

造成这种状况，如果原因在于接受的教育总是强调一切以正确演奏为优先，日本音乐的教育方式就必须有所改变。

当然，在我所认识的日本演奏者中，有许多人或交响乐团的确相当优秀，但是与其他国家的演奏者相比，整体而言仍会有许多人不知道自己"想要传达什么"，这也是事实。

我心里也有以技术为先的想法。写交响乐的总谱时，只想着反正做出一份出色的乐谱就对了。所谓出色的乐谱不过像是在呈现好的音乐，明明只是为了传达想法，却要让人感觉到自己是在追求乐谱的完成度。这一瞬间，我自己知道："唉，不行，这就是日本人典型的思考模式。"于是觉得自己面目可憎。

直探日本人的『道』

日本人喜欢"型",借助制定形式固定的"型",希望从中探索出"道"。除了柔道、剑道、茶道、花道、书道等的"道"之外,就连雅乐或三弦琴之类的日本国乐,或歌舞伎、能剧、落语等传统艺能,全都是根据"型"发展出的技艺之道。

借助"型"的学习,让自己不断精进,我认为这种方法非常适合日本人。

如果希望快速入门,最好的方式就是由"型"开始着手。无论是茶道,还是幽玄空寂的世界，都无法凭借头脑思考理解。就算是读了哪本书，上了某个人的课，还是无法学会。但是，在茶室有限的空间中，按部就班地重复做着"型"所规范的动作，自然而然就会学成。如果持续四五年的时间，就能感受到其中自有另一番天地。

三弦琴的练习也是如此。老师不会一一详加解说，告诉学生该怎么做，或做些什么，只要求学生在自己面前反复弹奏。学生从头到尾一直被老师斥责"不对""错了""不是那样"，花费一个月、两个月，甚至是半年的时间，都只是在练习同一首曲子。终于在某一天，老师突然表示："好，可以了。"不懂门道的人听了也不知道有什么地方不同，不过学生却能了然于心。

这一类"道"的出现，不就触及日本人的本质了吗？

逐渐深入探索"道"的时候，该如何设定前方的目标？这一点相当重要，但是"道"的传授方法原本就不是由学习者被动地解决传授者所抛出的问题，而是学习者依照自己的意思，自动自发地设定目标，决定今后希望获得什么。通过对"型"的体悟，在强化学习者这方面的精神上，原本就具有一定的意义；而且随着自己的成长，逐渐能够掌握表演内容的诀窍，也就是类似所谓奥义之类的东西。最后，应该也可以知道自己想要表演什么了。

从另一角度来看，还有一种观点认为只要依循"型"的做法，就能够感到安心。

举例来说，日本人很少在自我认同的核心部分加进自己的好恶，往往在意的是旁人的意见或周遭的反应，努力迎合。这种习性完全与"道"不谋而合。如果从"型"的规范中探求"道"，就不会与周遭产生太大的脱节。

此外，日本人之所以重视武士道之类的规范，也是因为如果不详细制定这些规范，日本人就会无所适从。虽然日本人是认真严肃的民族，如果说没有规范也不会引发问题的话，那就根本不需要这些规范。相反，重视这些规范的原因也是由于如果不加规定，就会天下大乱。

这个部分也牵涉到日本人在创造力方面的问题，不过我认为从道而生的日本美学骨子里，似乎也潜藏着日本人的多样化习性。

日本的音乐教育

现代的父母送小孩去学习一些专业的技能时，例如学习钢琴，会出现两种完全不同的态度。一种是将学习视为孩子充实自我的途径，另一种则是打算将孩子培育成职业的音乐人。我想没什么人会讨厌音乐，因此每个人都希望自己能够弹奏钢琴。如果是在这种以兴趣为主的范围内让孩子学习钢琴，只要小孩能够弹奏出自己想要的曲子，就已经足够。在这一点上，现在的音乐教育可说是不太恰当。问题在于音乐教育的目的是要孩子学到高超的技巧，而不是让他们快乐地弹奏。

另一种情形则是，父母如果觉得自己的孩子有音乐才华，想要认真地栽培孩子成为职业音乐家，就要如同贝多芬的父亲一样，即使半夜把孩子叫起来，或使劲地拿尺打手腕都无所谓，应该要严格训练孩子。如果不严格教育孩子，没有为他们打开那扇音乐才华的门扉，再怎么样也无法栽培其成为职业音乐家。

但是，就算要栽培孩子，在严格训练的同时，也必须让孩子感到快乐。学习钢琴的过程中，必须经过哈农、卡尔·车尔尼（Carl Czerny）之类的基础训练。这虽然是事实，不过重点是要能逐渐引发孩子学习的"意愿"，而不是让孩子弹得心不甘、情不愿。举高尔夫球为例，基本挥杆的练习虽然无趣，但是与其把球打得不见踪影，倒不如将球漂亮地送进球道上比较有趣，如果能实际感受到这份乐趣，对于训练基本打球法的练习也就能够产生兴趣。

或许是因为我父亲是学校老师的关系，我对于教育有着相当多的看法。然而，我却没有想过要为人师表。我若是当真想要教授音乐，大概会觉得要为学生的人生负起所有责任，因此把毕生所学都教给学生吧。但是，在作曲之余无法完成这些事情，就现实问题来考虑，我根本无法抽空来教学，因此就不做这方面的打算了。

强韧的精神比一次胜败更重要

靠着一则冲击性广告而一举成名的班尼顿，在前几年发行一张以日本少女为题材的广告海报。海报拍出了穿着泡泡袜的少女身影，上面的标题是"全世界最面无表情的一群孩子"。或许这则广告只能在欧洲看到，日本根本没有引进。

在这样一个非常多愁善感的时期，脸上却看不到一丝表情，这原本就不是一件正常的事。我们一定要告诉这一代孩子的事情，就是保持一颗感性的心。

虽然有着感性的心灵，却因为害羞而隐藏自己的感觉，这也是情感表现的一种方式。但是放眼现在的日本，人们不禁感到，除了孩子之外，年轻一代也逐渐隐藏起自己的情感。这种现象代表着心灵感受的能力变得迟钝。

一旦发生孩童的犯罪事件，众人都将问题矛头指向计算机游戏的影响，或漫画的错误示范等等。但通常能够清楚感受喜怒哀乐的孩子，即使看了这些东西，也不会做出犯罪的行为。究竟是什么导致孩子选择锁上自己的心扉，麻痹日常生活中的感觉呢？这个问题或许会逐渐与孩童的犯罪产生关联。保有一颗感性的心灵，如此理所当然的事情成了当下迫不及待需要解决的问题，但问题的原因却出在成人身上。现在这一代孩子的父母（包含老师在内），在经济高度增长的过程中，生活核心太过偏向于物质崇拜和自我中心的价值观。

举例来说，即使不知道日本在战争中对亚洲其他国家所做的事，缺乏关于第二次世界大战的常识或知识，但是只要内心能够感受到战争的可悲与错误，就会对这方面的问题产生清醒的意识。一旦有了问题意识，知识就会随之而来。但是，若是内心的感受能力不足，无论看了哪部电影还是听见哪件事实，都只是左耳进右耳出，不会在脑中与心里留下任何痕迹。这就是所谓的无知。

感性的心灵如果能正常发挥机能，我相信人类就不会走上不该走的道路。无论是电影还是音乐，都能培养出人的感受性。我真心盼望日本这群面无表情的孩子能逐渐找回感性的心灵。

培养自我规划能力

最近一些运动选手的发言让人听起来非常入耳。过去动不动就是大谈精神、毅力之类的论点，不过这阵子全都进行了真实的逻辑思考。

比如最近铃木一郎的发言特别棒，感觉他又往前跨出了一步。如果过去铃木一郎给人的印象是冷酷的武士，现在则是急速改变，让人觉得他好像跃升成为戏剧的主角，扮演着领导日本代表队的一个热情、爽朗的角色。

铃木一郎所属的马林鱼队战绩毫无起色。

日本传媒对他的热度逐渐减低，这种事情他本人再清楚不过了。即使他打算孤军奋战，在低迷不振的队伍里努力提升自己的打击率，也非长久之计。今后的方向必须要从长计议。我认为铃木一郎已经考虑到这些事情，自己认清现况，因而改变一贯的做法。铃木一郎实在是擅长自我规划。他是一位能够彻底认识自我的最佳人生规划者。

在都灵冬季奥运花式溜冰项目中获得金牌的荒川静香选手，我认为她也具有规划自我的能力。当日本全国为了这块唯一的金牌欣喜若狂之际，她仍是不改本色，淡然处之。之后，她决定转至职业花式溜冰表演的舞台，这可以说是相当明智的抉择。

有人这么说过："曾经站在顶端的人物，在其内心深处必然会产生某些改变。"

荒川选手曾在世界大赛中获得优胜，因此她能了解获得胜利、站到顶端时所伴随而来的庞大压力与喜悦。这是相当重要的事。比赛的压力越是沉重，越不可能出现取巧获胜的情形。或许看起来胜利像是侥幸入袋，但在胜利的背后，必然存在着某些无关于技术的因素，例如她的精神力量强过所有的参赛选手，所以才能克服沉重的压力，取得胜利。

我从不认为人必须要凌驾于众人之上，也不觉得胜负的结果或排名有意义。反倒认为这些东西都与人类的本质毫无关联。但是，就结果而言，有实力成为佼佼者的人都具备无与伦比的强韧精神，这是显而易见的事实。拥有战胜他人的实力者，对于降临在自己身上的难题或各种诱惑，应该也能一一加以克服。

处于当下这个前途难料的时代，拥有强韧的精神不也是件有益的事吗？

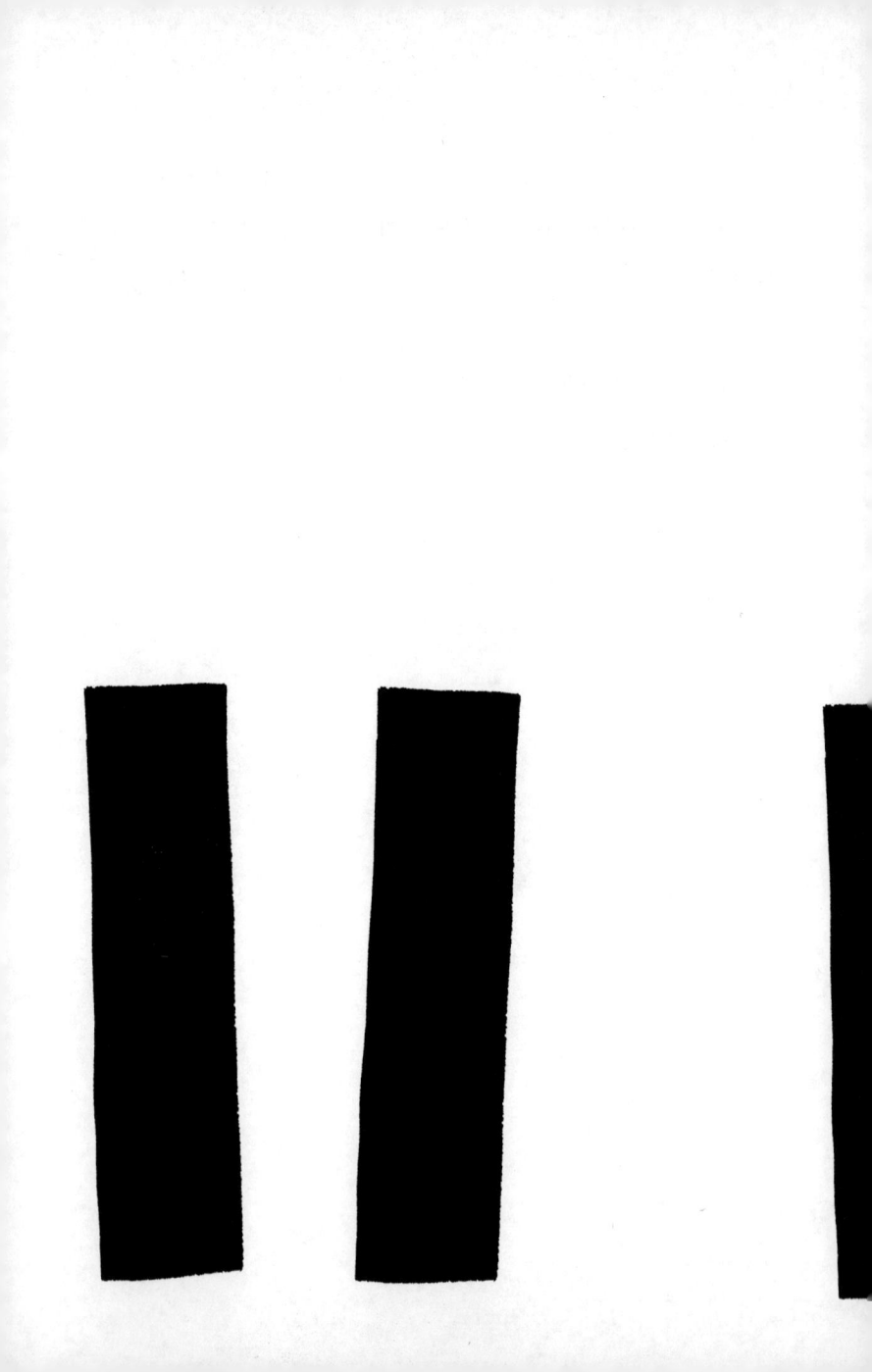

องค์ 6 掌握时代的潮流

我想要确认亚洲对我的意义

《欢迎来到东莫村》的电影配乐夺下2005年韩国电影大奖的最佳电影配乐奖,据说此奖还是有史以来首度颁给非韩国人。这部电影同时获得最佳影片、最佳导演(朴光铉)、最佳剧本(张镇、朴光铉、金俊)、最佳女配角(姜惠贞)及最佳新人导演(朴光铉)等六个奖项,并在韩国创下超过800万人次的票房卖座纪录。

一切都源自制作人寄来的信。我读过剧本后,觉得内容很好,会是一部有趣的电影。

由于这是一部战争片，因此也需要大格局的音乐。我自己从未曾接触过战争片的配乐工作，这个未知的领域让我为之着迷，因此我毫不犹豫地接下这份工作。

事实上，在接下这部电影的前后，中国内地和香港分别有好几部电影的配乐工作接踵而来，我持续置身在这种亚洲氛围之中。

我一直以来听的都是古典音乐或流行音乐，成长的环境中则充斥着欧美音乐，这些就是我创作音乐时的基本元素。因此对我而言，亚洲其他国家是个遥远的地方。但问题并不是在于距离，而是我与亚洲其他国家之间没有交集，因此对这块土地感到非常陌生，好像鲜少往来的邻居一样。但是，通过与亚洲其他国家合作的机会，让身为日本人的我更加意识到自己也是亚洲的一分子。过去，亚洲其他国家对我来说远比欧洲遥远，但是如今我想要确认亚洲对我的意义。

国家之间存在着政治纷争，但是创作活动却能置身于纷争之外。我能在韩国获得电影配乐奖也是如此。从日韩两国的历史仇恨来看，韩国人一定不希望将此奖项颁给日本人，然而他们还是愿意给予我这些音乐好评。

音乐创作与政治考虑是完全不同的两件事。只要是好的创作，能带动文化交流，必然就会得到认同。

虽然我出生于第二次世界大战后，但还是能察觉日本在战争中对亚洲其他国家做了些什么事。对于这些事情,虽然想尽一份心力,我也只能感受到自己的无力。但是,借助创作好的音乐,通过持续进展的文化活动,必定能够起一些作用。我认为这就是文化交流应有的样貌。

《欢迎来到东莫村》虽然题材涉及战争,但是剧情却相当梦幻。

东莫村是个尚未受到文明入侵的村庄,犹如世外桃源。相互敌对的士兵纷纷误闯入这个村庄。这群士兵在与朴实的村民的互动过程中,内心逐渐产生变化。此时,一场危机正悄悄逼近东莫村,而这群士兵脑中浮现出要与村民一起挺身面对的想法……

这部电影的主题非常明确,描绘出韩国人的共同理想,任何人看了都会深有同感。我读过剧本后,对电影内容有着高度评价。

在这部电影里,文明大国——美国被视为"万恶的化身",而作曲家在创作音乐时,最不希望创作的就是坏人的主题曲。这类主题曲的构造往往显得过于单纯。因此,针对嚣张跋扈的万恶化身所需要的场景配乐,我创作出听起来像是有着强大力量的第三者出场。

听完这首配乐后,导演提出新的要求。导演表示这样的音乐与情节不匹配,他希望观众听到这一幕场景的配乐,可以立刻感觉到邪恶威胁的逼近，让所有人清楚了解共同的真正敌人是谁。导演主张如果没有传达出美国是罪恶化身的信息，整部电影就会失去焦点，因此希望配乐也能根据此结构来创作。

这部电影从头到尾坚持着一种观点，也就是为非作歹的并非单独的个人，而是借着强权为所欲为的国家。虽然电影里将美国刻画成一个邪恶帝国，但是电影中出现的美国士兵却是善良的人。我认为这是正确的安排。

现在的美国的对外关系相当恶劣。从中东情势观之即可明白，美国的帝国主义的行径真可谓毫不讲理。若将东莫村换成伊拉克，整部电影的情节也是同理可证。

日本没有一部电影作品的内容是在指责美国。日本应该制作一部更清楚表达自己的国家立场的电影。不论是哪个国家，没有任何一个地方的国民是邪恶的。问题总是出自国家本身的态度，尤其是目前美国的所作所为极其不正常。我希望日本能多制作几部电影凸显这一点，例如以冲绳为背景描述美军基地问题之类的电影。

《欢迎来到东莫村》相当卖座。好的故事情节可以适用于不同的时空背景，即使将场景换成中国或伊拉克，故事情节仍然可以成立。这部电影确实具备了这种格局。

一个国家所背负的历史悲剧

韩国电影有趣的地方在于完全呈现出韩国的非常强悍的民族性。在日本不可能出现的事情，在韩国就全都实现了。

举例而言，在日本如果拍片预算太低，一开始的策划就会遭到否定："要拿这样的预算拍战争片，根本就不可能。"预算若是太少，顶多就是在某个地方搭设布景，设法让场面看起来像样点。然而，在韩国根本就没有预算太低所以无法拍片这回事，韩国人会努力完成这个目标。

先前有部电影《太极旗飘扬》(姜帝圭导演，2004)曾创下韩国历年来票房最卖座的纪录。这部电影改编自《拯救大兵瑞恩》(史蒂文·斯皮尔伯格导演，1998)，导演希望翻拍成为韩国版。这部由好莱坞重金打造的巨片，韩国希望以15亿日元左右的预算拍摄。对日本人来说这是个不可能的任务，日本人会放弃；但是韩国人却做到了。

这部影片里当然有许多粗糙的地方，一看就知道无法与好莱坞耗费巨资拍摄的电影相提并论。但是，《太极旗飘扬》这部片子彻底呈现出枪战场面，对于表现兄弟感情的部分也刻画入微，拍出来的效果相当成功。这就是韩国电影的厉害之处。

撇开好坏不谈，这种强势、不按牌理出牌的做法在韩国许多地方都能看到。已经快要公开上映了，电影的正片拷贝却还没完成。若是在日本，到了这种时刻居然还没完成，一定来不及送到电影院放映，但是韩国人最后还是赶上了。这股热力十足的干劲，也让我从中获得了一些启发。

国家被分割为南北两个部分，这是整个民族的大悲剧。但是，韩国人虽然背负着如此重大的悲剧，仍有着热血澎湃的干劲，期望为国家尽些心力。不仅如此，在悲伤与痛苦的背后，韩国民众共同怀抱着一份强烈的想法，衷心盼望民族的统一。

在这样的土地上，若是以过去的历史问题作为拍摄主题，拍出来的电影会非常强而有力，让票房开红盘，这不是单单只在脑中拼凑出的情节所能相比的。

萨拉热窝的电影也有着同样的力量。这个国家背负着政治的悲剧，因此不论是拍摄的剧情、方式，还是呈现的内容，全都明确易懂，有着凌驾一切的力量。

混沌不明的亚洲方向

无论是韩国电影还是中国电影，现在亚洲的电影水平提升，技术也相当卓越，有着日本早已丧失的一股动力。

虽然出现许多情形让人感到心情澎湃、富有新意，但也相继发生一些在成熟的日本社会所无法想象的困扰。

最明显的就是对于著作权的无知。

我先前到北京工作时，不少音像店都有盗版 DVD 销售，而且是正大光明地销售，连日本快要上映的最新电影也都有陈列。

抵达北京的当天晚上 11 点过后，我们一行人到附近的餐厅用餐。要离开的时候，餐厅也准备打烊，员工全都聚在一起看电视。电视上放映的是李连杰和中村狮童主演、刚在日本上映的最新电影《霍元甲》（于仁泰导演，2006）。餐厅的员工还邀请我们一起看。他们一点儿也不觉得自己侵害了别人的知识产权。

韩国在亚洲国家中算是比较先进的国家，但是对于著作权的保护观念仍然薄弱。尤其是韩国的网络非常发达，也就相对缺乏对复制作品的权利意识。再举一个例子，如果在美国当地使用我创作的乐曲，还有一套体制可以通过日本音乐著作权协会向美方提出支付使用费；但若换成在韩国，由于韩国音乐著作权协会与日本音乐著作权协会并没有签订相互管理合约，结果就是不了了之。

这就是亚洲的冰山一角。

相比较之下，日本对于著作权的态度就比较严肃，不但体制健全，技术水平也高。

日本人以企业为主导，更容易推动事物的进行，我能体会个中缘由。日本人的工作模式是集体行动，严格遵守约定好的事项。与世界各国相比，这可以说是相当优秀的做法。

在中国或韩国工作很辛苦。我正在为一部由裴勇俊主演的历史剧[1]配乐。这是一部长篇连续剧，主角设定为韩国某位类似日本的圣德太子的历史人物。由于拍摄进度延迟,完全无法预测之后的情节。我问过在韩国参与过电影或电视剧工作的人,结果所有人都一致表示,这种事情在韩国经常发生,这也是最令人感到辛苦之处。但是,就算心里认定已经无计可施,有时也能找出解决方法,因此还无法得知之后的变化。这也是在亚洲其他国家工作有趣和困难的地方之一。

和日本比较,亚洲其他各国的创作能量更加丰沛。创作者接触到这股能量时,能被激发出更多的想法。

如果只是以玩票的心态到中国和韩国做生意,不如将感受这些国家和地区的能量定为主要目标,将会更有收获。在感受当地能量的同时,也回馈这些国家和地区所不知道的日本技术与方法理论,这就是文化的交流。

从韩国和中国的发展速度来看,感觉它们就像是过去的日本。如果发展到了一定的程度,或许也会面临与日本相同的命运。

一般人认为,今日的日本已经失去动力,处于停滞的状态。但是,我不觉得这是因为日本人特别糟糕,而是因为国家整体的问题,其社会过度成熟,看不见未来的方向。明治维新时,日本一切从头做起;经过第二次世界大战,一切又再度归零。因此日本能够有今日的繁荣,毫无疑问是件相当了不起的事。我以身为一名日本人为荣。

泡沫经济造成社会不安，这并非只是日本或日本人的问题。10年后、15年后，同样的现象极有可能会在亚洲其他国家再度发生。总而言之，即使有前车之鉴，人类还是会走上相同的道路。

---

1 即《太王四神记》，韩国于2007年9月播映。

呼吸着亚洲的风

我现在正打算制作一张以亚洲为主题的专辑，不过目前脑海中的构想尚未成型，还处于四处摸索的阶段。

如果是使用亚洲的各种民族乐器，将各个民族的音乐特色放到专辑里，整张专辑做起来并不困难。但是，我想要的专辑并不是要呈现这种亚洲风味。

过去，我曾经与佛朗明哥吉他演奏者共同制作专辑，后来却半途而废。如果只是截取佛朗明哥音乐本身的特质，虽然简单，但是一旦深入触及存在于音乐结构之中的传统文化，就会让人不知所措。我曾亲自到西班牙各地走走看看，感受到的东西越多，越是无法写出曲子。正因为自己折服在传统的沉重与雄伟的规模之下，所以无法写出任何乐曲。

这次的对象是亚洲。在这片广阔的地区居住着各式各样的人，有着多元的文化和深远的传统。如果想同时掌握这些元素，会变得束手束脚，举步维艰。离开亚洲，转往纽约或伦敦，说不定更能够从客观的角度作曲、录音。

我希望这张专辑的出发点是立足于自己也是亚洲一分子的现实，呈现出流动于自己血液中的亚洲，还有我个人对于亚洲的感情。

成为『唯一的自己』或许是个陷阱

《世界上唯一的花》是首畅销歌曲,歌词中的"only one"(唯一)一词也受到大家的极力推崇。先不论歌曲的好坏,我并不喜欢这个流行词汇所传达的想法。如果要做,我就要做到第一名,因此我并不认同无法成为第一也无所谓的想法。

在社会体制中,如果想要往更高更好的地方发展,最终的目标就是第一。如果只要成为"only one"就好,那么这样的想法毫无上进心可言。更深入地看,这样的想法代表自己已经被社会排挤、淘汰出局了。

"我写不出好的曲子……"

"没关系，你不也尽力了吗？这也不是你能控制的事呀！"

即使别人用这样的话来安慰自己，心情一点儿也不会感到轻松，反而想对自己发脾气："这种程度的作品，自己能够满意吗？"如果要写的话，就要写出好曲子，否则作曲家的命运转眼之间就结束了。

"这件商品有些缺陷啊。"

"没关系，这样就好。"

"说的也是，这件商品有它的优点在，只要消费者小心使用就没事了。"

我想再怎么样也不可能会有这种公司。即使有，用不了多久也会倒闭。

只要成为"only one"就好，这确实是彻底反映时代的一句话。社会失去发展性，充斥着压迫感，就业率低迷，破产的例子屡见不鲜。这句话反映出生活在这样一个时代的年轻人共同的心情。但是，千万不要被词汇的字面意义蒙骗，不自觉地感到安心，放弃追寻更高更好的目标。

如果过着都会型的上班生活，不见得可以一直安稳无虞，也无法像生活在大自然中那样，家人亲戚能够互助帮忙，自己毫无一丝成就感。置身于这样的社会形态中，自己究竟在追求什么？

是有意义的工作吗？在公司之中，最有意义的工作是什么？答案是有立场做出最后判断的工作。换句话说，进入公司后，最终追求的目标不就是站到众人之上，成为公司老板吗？

如果想要成为老板，应该要怎么做？我想，要成为老板的人，不能只是在酒吧里抱怨上司，喝醉酒就胡言乱语："现在这种状况，老子很满足了。"偶尔发泄一下无所谓，但是抱着这种生活态度就无法成为老板。

只要进入公司体系，男员工和女员工都要以成为老板为目标。即使努力到最后，只能当个经理也无所谓，至少这是有意义的人生。如果一开始就没有抱持着出人头地的态度，自己也不会清楚进入公司后的人生意义。如果是我遇到这种状况，我发誓无论如何都要当上老板。我会思考，如果要达成自己的目标，今后的人生该怎么过。这个是最需要动脑筋思考的部分。

在努力的过程中，累积了一定的经验，若此时觉得工作的公司没有发展、上司的脑袋太过愚蠢，便另起炉灶创业。如果所有的人工作时都有着闯出一片天的念头，整个社会必定能够展现活力。

人生随时都要力争上游。这并不是随口说说、充场面的话。这是生活在都会型社会的人们，应该有的态度。

然而，如果从未曾想过生活在这种体制中的人，可以过自己喜欢的人生，只要好好打造自己的世界就好了。

"only one"确实是反映社会现状的一个词汇。语言的力量与销售的成绩密切相关，歌词只要一与时代的潮流相契合，瞬间就会广为流传。

倾听畅销歌曲是很重要的事，即使认为是一首不知所谓的歌曲也没关系。听的时候不要掺杂主观的好恶情感，要聚焦在大众为何接受这首歌曲的原因上。如此一来，就能掌握当下的时代潮流。

一名活在现代的作曲家

作为一名出生在这个时代的作曲家,我希望呈现出有意义的音乐。无论是流行音乐、古典乐、爵士乐,还是民族音乐,我想从各式各样的音乐出发,不受任何音乐类型的约束,尽可能呈现出具有当代感的乐风。

然而,如果音乐只是呈现出当代感,随着时代演进,就会变成旧的音乐。每一个时代都会有许多瞬间走红的作品出现,但是真正的好曲子不管在什么时代都会有人愿意听。我也希望自己做出来的音乐能够长留人心,不会立刻消失。

我曾涉足现代音乐与极简音乐的领域。为了成为一位适应这个时代的作曲家，我做出一项抉择，放弃人们难以理解的现代音乐，将创作目标设定为能让更多人亲近的音乐。

我最近经常反复思考，人们感到高兴和有用的定义何在，同时我也会想起自己过去25年来都没有再创作出任何现代音乐的作品。

虽然我自己表示不受音乐类型的约束，但是放弃了现代音乐，不就是受到音乐类型的框架限制吗？现代音乐对我的音乐创作根源有着强烈的影响，因此不能就这么埋藏起来。我正在考虑向菲利普·格拉斯、迈克尔·尼曼等人看齐，除了电影配乐，也要认真创作极简音乐。在日本一谈到现代音乐，至今仍无法脱离武满彻[1]老师的影子。虽然这也说明了武满老师的伟大，但是武满老师已经逝世10年，日本现代音乐界仍维持原状，未免太不思进取了。我希望能够打破这样的局面。

这一阵子，我偶然找出一张过去在伦敦买的黑胶唱片，那是作曲家安德鲁·波比（Andrew Poppy）[2]的个人专辑。都忘了曾买过这张唱片，但经过这么长一段时间再听一遍，仍深感震撼。音乐的骨架是极简音乐，节奏则完全使用摇滚乐的节奏。这是只有他才能呈现出来的原创性。我也希望能够创造出这种独特的世界。过去我认为自己无法一心多用，因此用这个理由埋藏了现代音乐的世界，我想如今自己应该有能力再次进军这个世界吧。

从流行音乐中培养出来的敏锐度，如果能融合在极简音乐的作品中，呈现出来的音乐将会产生多么刺激又兼具知性的兴奋呢？这应该就是我的课题吧。当然，创作出让听众容易理解的音乐也是相当重要的事。

而且，我不希望最后完成的音乐被认为是融合了哪些音乐的风格，也不希望被归类到某种音乐类型中。如果完成的音乐明显地呈现出现实感，同时又能满足所有人的需求，那就太完美了。

---

1 武满彻（1930—1996）：日本现代音乐的代表人物，融合日本传统乐器与西方古典音乐，呈现出极富当代感，同时兼具日本传统美学的现代音乐。
2 安德鲁·波比（1954—）：英国钢琴家、作曲家、唱片制作人，极简主义风格。

从事创作工作，没有结束的一天

无论如何，我都希望能持续不断地创作乐曲。即使身旁的人都相继倒下，只要情况允许，为了做出好的曲子，就算要跨越倒下的尸体，我仍会向前迈进。我认为这就是创作者应该具备的样子。

待人和气、善于倾听、内心充满慈爱、随时不忘怀抱一颗对日常事物感恩的心，若是如此就能写出好曲子，我似乎永远无法成为这样的圣人君子。虽然我多少也想当个好人，但是如果要我选择当个好人，还是要创作好曲子,想也不用想,我一定会选择后者。

我写这本书时已55岁,这把年纪了还有多少时间?总有一天会跟不上时代的潮流。到了一定的年纪,自然有这么一天。我也经常思考,到了那个时候,自己如何去应付?或在那之前,自己该如何改革?在某时某地,跟不上时代潮流的时刻总要来临。我想到了这把年纪,必然有所觉悟。

接近50岁的时候,想到这些事就觉得很恐怖。我害怕有一天自己变成不被需要的作曲家。因此,我曾想过一到50岁就退休。如果已经不被需要,自己还一直赖着不走,我宁可干脆一点地放手。当时我认为这个分界点就是50岁。

但是,真到了50岁,我才知道根本不可能任意放手,自己做得还不够多。我满心觉得还有太多事情要做,澎湃而出的思绪不断地问着:"甘心就这样结束吗?"

现在,我认为从事创作工作应该没有结束的一天。这辈子,我希望都能当个创作者。即使无法轻松创作出合乎时代潮流的作品,只要自己内在拥有"创作的泉源",就能持续创作自己想要的东西。无论再怎么简短的音乐,都没有所谓完成的一天。

毕加索到了90岁仍在继续作画。毕加索因为不断改变自己的风格而闻名于世,他不断创作的原因也是因为不希望自己一直停留在昨天。创作者的理想就是能像毕加索那样,即使上了年纪，仍旧不断挑战自己，一辈子都持续不断地创作。

因此，只要有我还活着的一天，即使到了90岁，我也不会放弃作曲。

吸收新的事物，同时也代表着意识到会逐渐失去的东西。

今日的我要超越昨日的我，明日的我要胜过今日的我，以创作出更好的音乐为目标，不断地超越自己。